中国文学艺术基金会
中国文学艺术发展专项基金　资助项目

"影像见证新时代 聚焦扶贫决胜期"
2018—2020 大型影像跨界驻点调研创作

U0632909

山里的日与夜

郝方甲　主编　　　何自力　副主编

中国摄影出版传媒有限责任公司
China Photographic Publishing & Media Co., Ltd.
中国摄影出版社

图书在版编目（CIP）数据

山里的日与夜 / 郝方甲主编；何自力副主编 . --

北京：中国摄影出版传媒有限责任公司，2021.12

（"影像见证新时代 聚焦扶贫决胜期"2018—2020

大型影像跨界驻点调研创作工程系列图书）

ISBN 978-7-5179-1158-6

Ⅰ . ①山… Ⅱ . ①郝… ②何… Ⅲ . ①纪实文学 – 中

国 – 当代 Ⅳ . ① I25

中国版本图书馆 CIP 数据核字 (2022) 第 010135 号

"影像见证新时代　聚焦扶贫决胜期"2018—2020 大型影像跨界驻点调研
创作工程系列图书

山里的日与夜

主　　编：郝方甲

副 主 编：何自力

责任编辑：盛　夏

装帧设计：冯　卓　胡佳南

出　　品：中国文学艺术界联合会　中国摄影家协会　中国民间文艺家协会

出　　版：中国摄影出版传媒有限责任公司（中国摄影出版社）

　　　　　地址：北京市东城区东四十二条 48 号　邮编：100007

　　　　　发行部：010-65136125　65280977

　　　　　网址：www.cpph.com

　　　　　邮箱：distribution@cpph.com

印　　刷：北京雅昌艺术印刷有限公司

开　　本：16 开

印　　张：11.5

版　　次：2022 年 7 月第 1 版

印　　次：2022 年 7 月第 1 次印刷

ISBN　978-7-5179-1158-6

定　　价：69.00 元

中国文联大型影像扶贫跨界驻点西藏左贡县调研创作项目组

山里的日与夜

郝方甲　主编　　　何自力　副主编

中国摄影出版传媒有限责任公司
China Photographic Publishing & Media Co., Ltd.
中国摄影出版社

影像见证新时代　聚焦扶贫决胜期

2018—2020 大型影像跨界驻点调研创作工程

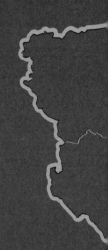

审图号：GS（2020）5174号

内蒙古自治区
兴安盟科尔沁右翼中旗 ⑧

吉林省 ⑪
延边朝鲜族自治州

山西省 ⑥
吕梁市兴县

宁夏回族自治区
西海固地区

青海省
果洛藏族自治州 ③

⑩

陕西省 ⑦
铜川市耀州区

④

陕西省 ⑮
宝鸡市陇县

河南省 ②
南阳市淅川县

甘肃省
陇南市武都区

西藏自治区
昌都市左贡县

⑫

⑨
云南省
怒江傈僳族自治州贡山
独龙族怒族自治县
独龙江乡迪政当村

湖南省 ①
湘西土家族苗族自治州
花垣县十八洞村

江西省
赣州市寻乌县

⑤
贵州省
毕节市威宁彝族回族苗
族自治县石门乡

广西壮族自治区
百色市田东县作登瑶族乡
梅林村 ⑭

⑬

总　序

党的十八大以来，以习近平同志为核心的党中央把脱贫攻坚作为全面建成小康社会的重要战略任务，做出一系列重大部署，创造了我国减贫史上的最好成绩。到2020年实现现行标准下农村贫困人口全部脱贫，是党中央向全国人民做出的庄严承诺。为生动记录脱贫攻坚战这一伟大历史实践，以影像的力量助力国家脱贫攻坚工作，中国文联和中国摄协、中国民协于2017年年底共同发起"影像见证新时代 聚焦扶贫决胜期"2018—2020大型影像跨界驻点调研创作工程。该项目被列为中宣部《中国当代文学艺术创作工程规划（2017—2021）》重点创作项目、中国文联"讴歌新时代，共筑中国梦"主题文艺创作实践活动重点项目。

根据中共中央宣传部、国务院扶贫办等单位推荐并结合中国文联实际，该项目在全国选择了湖南省湘西土家族苗族自治州花垣县十八洞村、内蒙古自治区兴安盟科尔沁右翼中旗、陕西省铜川市耀州区、江西省赣州市寻乌县、甘肃省陇南市武都区、青海省果洛藏族自治州等15个各具特色的扶贫点，充分发挥全国文联系统的组织优势和人才优势，汇聚了活跃在一线的摄影家、民间文艺家，以及经济学、社会学、人类学等领域的专家学者约70人，深入到脱贫攻坚一线，运用摄影、绘画、视频、文字等手段，进行多元化创作、多角度呈现，为实现跨界融合做出了积极有效的探索。

2020年是全面建成小康社会和"十三五"规划收官之年，是脱贫攻坚决战决胜之年，在今年出版发行"影像见证新时代 聚焦扶贫决胜期"2018—2020大型影像跨界驻点调研创作工程系列图文书具有十分重要的意义。这套图文书以15个驻点的调研创作为素材，每个驻点编辑出版1本图文书，全面展现这15个驻点的脱贫攻坚成果，突出"影像见证""聚焦扶贫"的主题，体现影像记录的价值和意义，力图建立国家脱贫攻坚的影像档案。

这是一套充满理想情怀的图文书。各主创团队以高度的使命感和对土地、对人民的深情，克服道路崎岖危险、高原反应、水源污染、传染疾病等多种困难，真正沉下去，扑下身子扎到村里，和乡镇干部群众一起吃、一起住、一起干，用心用情去体验脱贫攻坚的火热生活，感受贫困地区发生的巨大变化，对基层干部群众团结一心、攻坚克难的奋斗历程进行跟踪记录和持续挖掘，以直观素朴的影像和平实深刻的文字，透过典型人物和鲜活故事，反映国家精准扶贫战略给贫困地区带来的深刻变化，讴歌脱贫攻坚战中的先进事迹和奋斗精神。尽管每本书的艺术表现手法各有千秋、各不相同，但始终彰显出内在积极向上的精神力量。我们力争将深蕴其中的情怀和责任、格局和担当化作对党和国家、对人民和事业殷殷的热爱，化作对时代发展和文化传承深深的思考。

这是一套聚焦脱贫攻坚战全过程的图文书。在地点的选择上，综合考虑中宣部和中国文联的定点扶贫点，以及各省（自治区、直辖市）文联推荐的"文艺扶贫奔小康"志愿服务行动工作示范县分布，在全国范围内确定了15个调研创作驻点，实现了驻点分布的代表性、地域性、差异性、进行时、视觉性。在内容呈现上，既有驻点的简况和贫困情况，也有脱贫后发生的变化；既有产业扶贫、就业扶贫、易地扶贫搬迁、文化扶贫等帮扶举措，也有东西部扶贫协作、对口支援、定点扶贫以及社会力量对脱贫工作的参与支持；既有当地贫困群众在脱贫中发生的巨大变化，也有第一书记、扶贫干部在其中做出的巨大努力。我们力争在展现国家脱贫攻坚取得的伟大成果的同时，从小处着眼，通过反映普通人的情感、命运及脱贫前后的对比等折射巨大的社会变革，全景式记录脱贫攻坚战。

这是一套以影像为主、突出个性表达的图文书。摄影是记录当下、展现现实的艺术，具有鲜明的时代特色。为时代存照、为人民画像，是时代赋予我们的历史使命和政治责任。这套图文书的主创以摄影家为主，通过图片为主、文字为辅、影像叙事的方式形成完整的视觉呈现，强调突出摄影家的个性、视角和思考。在体例上，有田野调查、报告文学、诗歌散文、采访记录、作者手记等，在内容上呈现的不仅仅是静态影像，还包括民间文艺、音乐、美术、书法、视频、音频等，力图做到立体化、多元化、多维度的呈现。这套图文书具有档案性，但又不是面面俱到的资料汇编；提倡个性表达，但又不是纯粹的个人的风光、艺术和人物摄影。我们力争传递和揭示扶贫、脱贫和落后地区发生巨大变迁的纪实性、直观性和深刻性，以及在此过程中所体现的人文关怀。

最后，衷心希望这套图文书能激励更多的文艺工作者，牢记新时代的历史使命和责任担当，更加自觉地深入生活、扎根人民，聚焦中国梦的时代主题，积极投身伟大的时代洪流，从人民的伟大实践和丰富多彩的生活中汲取营养，不断进行生活和艺术的积累，不断进行美的发现和创造，用自己的艺术创作讴歌党、讴歌祖国、讴歌人民、讴歌英雄，努力攀登新的艺术高峰！

"影像见证新时代 聚焦扶贫决胜期"
2018—2020 大型影像跨界驻点调研创作工程
系列图文书编委会
2020 年 5 月

山里的日与夜

目 录

CONTENTS

空中鸟瞰山里的左贡。2020 年 9 月 12 日，普布扎西摄影

左贡县中林卡乡村民在万亩葡萄园里。2020 年 9 月 13 日，普布扎西摄影

通往东坝乡的山路。2020 年 9 月 13 日，普布扎西摄影

本 卷 序

写在前面的话

文 | 郝方甲

那本书只有巴掌大小，出版于 1958 年 8 月，定价 4 角 6 分。当我在新华社图书馆里翻到它时，没有人知道它在那儿默默地躺了多久。

拿在手上，它薄薄的、软软的，与现在书店里那些显眼的精装本、大开本书籍相比，简直不像一本书。斑驳的封面和微微卷起的书角，让我想起了儿时读的小人书，书里的每段折痕都是几分钟的反复玩味。

读者的喜爱，会渗透到书页的纹理。当我把这本书捧在手上时，它带着微微的暖意。

打开细看，才发现这本书和它的译者不一般。译者王沂暖是翻译和研究藏族史诗《格萨尔王传》的开创者之一，他还翻译了藏文典籍、古典藏戏剧本、寓言故事、藏族民歌等 10 多部作品。他与藏族著名艺人华甲于 1957 年合作翻译的《格萨尔王传》（贵德分章本），因藏文原本散失而成为珍贵的孤本。《格萨尔王传》被确认为是世界最长的史诗，这与王沂暖的挖掘、研究与传播有直接的关系。

在藏区采风时，王沂暖收集了一批传唱多年的藏文诗歌，并翻译出来，形成了我手上的这本书——《西藏短诗集》。他一边翻译一边修改，有时翻译着这一首，忽然想起之前某一首可以有更好的译法，就会翻回去重译。王沂暖用几年时间，反复咀嚼，编写出了这本小书。书虽小，但诗情满得简直要溢出来。最让我喜欢的是，每首诗都是在自然的场景中由景而发，由感而发。读着诗，似乎能听到流水声，闻到青草香。

一棵桃树让人想起变心的情人：

> 姑娘不是妈妈所生
>
> 怕是桃树生的
>
> 为什么她的爱情
>
> 比桃花谢得还快呢

——《姑娘不是妈妈所生》

我去河边背水
鱼儿向我点头，
我和鱼儿笑了
难道情意相投？

《我去河边背水》：曹晓丽绘画

一条游鱼引起了人们对爱情的向往：

我去河边背水

鱼儿向我点头

我和鱼儿两个

难道情意相投？

—— 《我去河边背水》

那天中午在图书馆里，我被诗中的情意感染了，也被译者的情意打动了：他打心眼儿里爱这些诗作，认为它们值得被认真对待。

书不让借出来，我连拍照带抄写，回来请《国家相册》执行导演曹晓丽把其中几首诗的内容画成插图，配上我抄写的潦草笔迹，我们笑称这几幅文图小品"诗比画好，画比字好"。

我从这本小书中挑选、整理了一批短诗，晓丽给其中24首配上了插画，又请新华社西藏分社摄影记者普布扎西"贡献"了一批自己的藏地影像作品。

王沂暖老师翻译的短诗、曹晓丽的绘画、普布扎西的影像，三者的共同点是简洁。只有越过山丘，懂得生活之美的人，才有这样恰到好处的表达。

与普布扎西、晓丽一起做这件事，也是因为我们与西藏、与诗有缘。

2018年夏天，我们三人与摄影师陈荣辉、艺术家阿德、声音记录师张晓羽到西藏昌都山区调研。走到左贡县军拥村时，我们遇见一位老人，他是茶马古道马锅头（指茶马古道上马帮的首领）的后代，家里还留着马帮用过的辔头、马刀、炊具。

"阿爸带着马队上路时唱的歌，我还会唱哩。"聊着天，他说。

这位80多岁的老人张口唱起来，整个世界都安静下来了。

同行的左贡姑娘拥增，轻声把歌词大意用汉语翻译给我们听。老人坐在旁边，揣手听着，听到翻译得好的地方就微微点头表示同意，还不时用藏语补充几句。

那首歌没有名字，是马锅头出发时的"开路歌"。马帮历来敬畏路，出门在外，命和生计是托付在路上的。这首歌唱出了马帮的敬畏和祈愿："前路漫漫，这头是故乡，那头是远方；这头是温暖，那头是希望。路不在脚下，在旅人心尖上、眼窝里。"

村民保留的当年茶马
古道上马帮所用的马鞍。
2020 年 9 月 14 日，普布扎
西摄影

村民保留的当年茶马
古道上马帮所用的油罐。
2020 年 9 月 14 日，普布扎
西摄影

一老一少，从唱到说，自然得像流水：

不是路唤我来

不是的

是我自己为了生活要走这路

愿长路就像哈达一般

顺畅平安

足迹久长

愿高原的水与汉地的茶早日相遇相融

茶叶煮开

盛放如花

敬神

拉索罗！

——茶马古道无名歌

从老人的家里出来，我蹲在门口，趁记忆新鲜，把记下的歌曲大意编译成诗。我清楚记得，当写完最后一个字抬起头时，眼前村庄里弯弯的土路似乎变成了旧时的驿路，风吹日晒，铜铃叮当。

2020年9月，为了完成这次跨越4年的影像调研，我们重返藏东左贡，第二次走进世世代代与水为邻又因水而困的绕丝村，走进大山中的马帮之乡军拥村，走进中林卡乡的万亩葡萄园，亦师亦友的陈小波和何自力两位前辈与我们一路同行。

2018—2021年，4年时间，放在青藏高原的历史长河中看微不足道，但这4年绝非平淡的4年。

当我们重聚，再次踏上藏东的土地，恍惚间觉得一切都变了，一切又都没变。

左贡县东坝乡军拥村一户村民家里饲养的小驴。2020 年 9 月 13 日，普布扎西摄影

第一章

上山里来·东坝的苏醒

第一节　茶马古道歌

文 | 普布扎西

茶马古道
西藏昌都东坝乡
马帮的后代
唱着行路的歌

群山像莲花瓣 捧着世外桃源般的村庄
"军拥"藏语意为"中间"
在这里"家"是至高无上的
房屋高大精美 是家族团聚的地方

古老的藏族村庄
即将迎来现代旅游开发
兴奋 期待
担忧 不舍
军拥村的故事 未完待续

东坝乡的马帮后代。2020 年 9 月 13 日，普布扎西摄影

深山峡谷中的东坝乡军拥村。2020 年 9 月 13 日，普布扎西摄影

左贡县东坝乡军拥村民居，这是村里最古老的一栋房子。2020 年 9 月 14 日，郝方甲摄影

左贡县东坝乡军拥村地处群山怀抱之中，气候温和湿润。2020 年 9 月 14 日，郝方甲摄影

第二节　一位为古村著史的老人

文 | 郝方甲

茶马古道起于唐，兴于明清。公元 7 世纪，茶叶开始传入西藏。至五代及宋时，正式建立了"茶马互市"制度，茶马古道随之有了较大的拓展。

千百年来，在经济、社会的交流融合中，在四川、云南和西藏形成了"滇藏""川藏"两条主线，以及辅以众多支线和附线构成的道路系统。左贡处于"滇藏""川藏"茶马古道交汇处，茶马绝唱滋润了祖辈的生活，也孕育了这个秘境之地的现代文明。

东坝乡军拥村位于藏东南角，左贡县境内。那里几乎与世隔绝，景色秀丽，如同世外桃源，只有 100 来户人家稀散地居住着。唯一通向外界的，是沿着滚滚而流的怒江修建的一条蜿蜒的羊肠小道。这条小道越过山峦野地，伸向山外的公路。

这里曾是茶马古道的驿站。马锅头们伴着马蹄声穿梭在峡谷里，醉倒在农田里，把无数山外的故事带回东坝。那时，东坝乡一年四季气候温润，果树成林。因耕地少，乡里的男子成年后都得外出闯荡谋生，以维持家计。女人们白天下地农耕，晚饭后纺羊毛。天色变暗后，家家户户就早早关门睡觉了。

今天的东坝，马帮歌没有人唱了，相传文成公主相授的尼木棋没有人下了，外出上学和工作的年轻人不回来了……村庄即将迎来旅游开发了。

老村主任嘎松泽平为村庄著史，他试图记录下马帮时代的兴旺、文成公主的传说、村庄建筑的前世今生。

左贡县东坝乡军拥村老村主任嘎松泽平（左）和他的弟弟。2018 年 11 月 6 日，关东晨摄影

东坝乡田园风光。2020 年 9 月 13 日，普布扎西摄影

东坝乡为干热河谷地带，农田里种满了玉米，长势很好。2020 年 9 月 13 日，普布扎西摄影

独具特色的东坝乡民居。2020 年 9 月 13 日，普布扎西摄影

东坝乡军拥村老村主任家客厅一角。2018年8月，曹晓丽摄影

老村主任展示当年马帮留下来的老物件。2018年8月，曹晓丽摄影

东坝乡村民家桌子上的图案。2020 年 9 月 14 日，普布扎西摄影

第三节　东坝苏醒

诗 | 普布扎西

人是善变的动物

无数次想要逃脱山的束缚

不管你如何歌颂山神

山脊的小路上

马蹄印里开满野菊

山歌悠长而苍凉

东边升起的太阳

西边不是你要去的方向

请您永远留在湛蓝的空中

一口刀切边的山谷

风呼啸着夹着干热河谷的味道

一只小麻雀懒散地停留在玉米田里

今年的雨实在太大

到处是生命的气息

老阿妈一段模糊不清的佛经声中

一只小蚂蚁穿过半开的木门

山再高也是采石的好去处

倾注一生的经历

盖一间大大的房子

房前种满庄稼

养牛　养狗　不养鸡

鸡像只闹钟总惊扰香甜的美梦

东坝乡民居木雕大门。2020 年 9 月 13 日，普布扎西摄影

东坝乡军拥村的一位老人。2020 年 9 月 13 日，普布扎西摄影

不下雨　农田里干活

下大雨　回家睡大觉

山再深　也藏不住秘密

当你不愿被提及

保持沉默是最好的方式

东坝男人和女人们

纠缠不清的岁月

田间是最好的情场

家是一座精神的废墟

揉糌粑　打茶　下地干活

偶尔唱一曲模糊不清的小调

等待着东坝山头的小月牙

也害怕月亮打开所有的秘密

岁月就是一个骗子

迷住了　永远挣脱不了

东坝乡军拥村靠一座小型水电站发电，远远不能满足当地需求，村里经常停电，但在这里能看到最美的星空。2018 年 8 月 18 日，普布扎西摄影

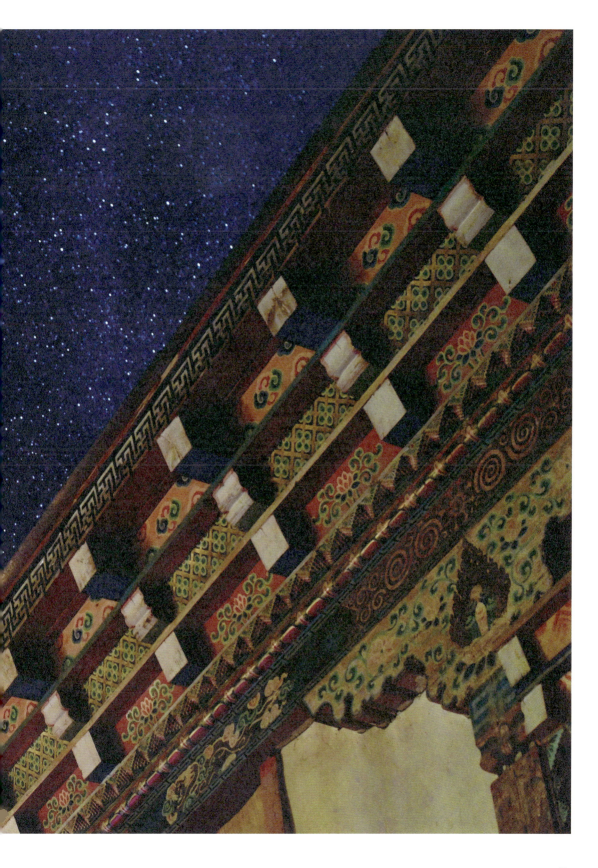

东坝乡村落，旁边是怒江。2020 年 9 月 13 日，普布扎西摄影

第四节　左贡县东坝乡拾趣

文 | 根据左贡县委宣传部提供的材料整理

西藏自治区昌都市左贡县东坝乡地处藏东高原东南支角怒江峡谷的德拉山、拉鲁木山之间的一块平地高台上。

这里四季如春，气候宜人，物产丰富，风景独特，素有"藏东小江南""高原上的香格里拉"美誉。

当地村民结合良好的自然条件，在脱贫攻坚战中，因地制宜发展果蔬种植，日子越过越红火。

典型的高山峡谷农业区

东坝乡位于东经 97°51′26″，北纬 29°51′26″，左贡县城西南面 85 千米处，距 318 国道 25 千米。全乡平均海拔 3700 米，全乡面积 1680 平方千米。东边与本县田妥镇相邻，南接中林卡乡，北与美玉乡相界，怒江自八宿县境内流经本乡。

东坝乡属于半干旱半湿润气候，物产丰富，一年两季农作物主要有青稞、玉米，经济林木有苹果、桃子、橘子、藏梨、鸭梨、核桃、花椒、葡萄、石榴等十多种，是西藏自治区昌都市较为典型的高山峡谷农业区。

东坝乡军拥村老乡长家里的果园，调研小组成员普布扎西坐在果园里的果树下。2020 年 9 月，曹晓丽摄影

东坝乡军拥村一户村民家丰收的苹果。2020年9月13日，普布扎西摄影

东坝乡军拥村村民家里晾晒的桃干。2020年9月14日，普布扎西摄影

左贡县中林卡乡若巴村村民在万亩葡萄园里采摘葡萄。2020年9月13日，普布扎西摄影

左贡县中林卡乡万亩葡萄园里刚采摘下来的葡萄。2020年9月13日，普布扎西摄影

经济作物、外出务工收入增多

东坝乡耕地共约2298亩，人均不到1亩。除乡政府附近的军拥、普卡、格瓦三个村外，大多数耕地都在坡度超过60°的山坡上，耕地零碎，很难连成片。因此，东坝人十分珍惜土地，在农业的耕作方式上讲究细作，曾在20世纪60年代创造了单产300公斤的纪录。

据专家分析，其原因主要是：第一，乡政府所在地海拔只有2000多米；第二，东坝乡除地处大山中间的埃西、加坝等村外，其他村全年平均降水量为500—800毫米，无霜期250天以上，年平均气温24℃以上，冬天不冷，夏天炎热，是东坝成为"藏东小江南"的重要原因；第三，良好的日照条件、适宜的温度，加上深耕细作，东坝的苹果、葡萄、石榴等水果甘甜多汁，深受消费者喜爱，成为左贡县农产品中重要的品牌产品。

长期以来，东坝乡农牧民的主要收入来源于以下几个方面：一是传统的农业生产，以青稞、玉米等农作物种植为主；二是林业产品，政府大力扶持引进各种水果种植，例如苹果、桃子、杏子、藏梨、核桃、石榴、葡萄等；三是通过参加公务员考试进入公务员队伍，以及外出经商、务工。

据调查，在东坝乡，几乎每家都有子女在外上学和工作，这也为当地经济发展奠定了基础。从收入构成分析可以看出，来源于传统生产的收入逐渐减少，种植经济作物和外出务工的收入开始增多。

东坝历史

东坝乡行政区划的沿革

1959年5月1日，左贡县成立，下设邦达镇、田妥镇、扎玉镇和碧土镇四镇，东坝乡属田妥镇。左贡县辖乡。1960年置东坝乡，1970年改公社，1984年复置乡，位于县城西北处，距县城85千米。面积317平方千米，人口0.3万。辖军拥、普卡、八宿（现在坝雪自然村）、瓦多、下加坝（现在加美自然村）、格瓦、帮佐、折巴、上加坝（现在加美自然村）、察贡（现在扎贡自然村）、吉坝、埃西、拉琼13个村。2005年，拉琼、泽贡划归中林卡乡管理，沙益、尼龙两个村划归东坝乡管理。2008年，村居整合，

东坝乡悠长的小道，小道两边的村民家中种满了果树。2018 年 8 月 18 日，普布扎西摄影

东坝乡军拥村村民用的秤砣。
2020 年 9 月 13 日，普布扎西摄影

东坝乡军拥村村民保留的当
年茶马古道马帮所用的马鞍包。
2020 年 9 月 14 日，普布扎西摄影

帮佐、坝雪、瓦多整合为坝雪村，加堆、加米、吉巴整合为加坝村，沙益、尼龙整合为沙益村。折巴村因山体滑坡等地质灾害原因，整村人搬迁至埃西村，折巴、埃西整合为埃西村。

东坝地名的由来

关于东坝的地名来源，调查收集到两种说法。

一是根据茶马古道的地理位置取名，"东"为"藏东"，"坝"为"山间峡谷中的草坝"，滇、川地区大山里的村民至今仍将山间较为开阔的草地称作"坝子"。二是根据藏语意义取名，生活富足的地方藏语叫"东坝"，常年行走于高山峡谷之间的马帮会在草地上休整，休整之地通常都较为富裕。

东坝乡与茶马古道

茶马古道是指存在于中国西南地区，以马帮为主要交通工具的民间国际商贸通道，是中国西南民族经济文化交流的走廊。茶马古道是一个非常特殊的地域称谓，是一条世界上自然风光最为壮观、文化最为神秘的旅游精品线路，它蕴藏着开发不尽的文化遗产。

实际上，茶马古道就是一条地道的马帮之路。茶马古道的路线主要有两条：一条从四川雅安出发，经泸定、康定、巴塘、昌都到西藏拉萨，再到尼泊尔、印度，国内路线全长3100多千米；另一条路线从云南普洱茶原产地（今西双版纳、思茅等地）出发，经大理、丽江、中甸（今香格里拉）、德钦，到西藏邦达、察隅或昌都、洛隆、工布江达、拉萨，然后再经江孜、亚东，分别到缅甸、尼泊尔、印度，国内路线全长3800多千米。在两条主线的沿途，密布着无数大大小小的支线，将滇、藏、川"大三角"地区紧密连接在一起，形成了世界上地势最高、山路最险、距离最遥远的茶马文明古道。

历史上的茶马古道主要有三条：青藏线（唐蕃古道）、滇藏线和川藏线。这三条道路都与昌都有着密切的关系。其中，滇藏线和川藏线都经过昌都，它们的发展与茶马贸易密切相关。

东坝乡一户人家的木碗。2020 年 9 月 13 日，普布扎西摄影

东坝乡军拥村一户村民家里的孩子在喝酥油茶。2020 年 9 月 14 日，普布扎西摄影

文化、习俗探源

东坝的藏历新年

藏历新年的前几天，人们便开始准备过年吃、穿、玩、用的年货。家家户户都会准备酥油和白面，还要准备一个藏语称为"琪玛"的五谷斗，斗内装满用酥油拌成的糌粑、炒青稞粒等食品，上面插上青稞穗和用酥油塑制而成的彩花。

家家户户还会进行大扫除，摆上新卡垫。年二十九日晚饭要吃面团土巴，又称"古突"。这与汉族吃年夜饭的习惯一样。年三十晚上，各家根据自家条件，在佛像前摆好各种食品，准备好节日的新装。

年初一早上天亮之前要去河边打水，烧开后给全家人洗漱，象征着将一年的疾病都带走。穿上新衣后，按辈序排位坐定，男左女右。长辈端来五谷斗，每人先抓上几粒向天空撒去，表示祭神，接着依次抓一点放进嘴里。长辈顺次祝"扎西德勒"，后辈回贺"祝您身体健康，永远幸福，预祝明年新年全家又如此团聚欢庆"。举行了新年仪式后，大家便开始吃麦片土巴和用酥油煮的人参果，接着互敬青稞酒。

年初一这天，大家通常是闭门欢聚，互不访问。从年初二开始，亲朋好友相互拜年，欢歌跳舞持续10天。

东坝民居

东坝民居古宅带有典型的古代汉式风格，木作、石作、灰作、土作等有所体现。东坝古宅窗体雕刻精细，花纹精美，装饰华丽，绘画线条流畅，色泽鲜艳，每一个点、每一条线都折射出其精湛的工艺之美。

据传，茶马古道的马锅头来往于中国云南、西藏及印度等地之间，从康定买回奴隶给自己修建房屋。因此，房屋融合了汉族、藏族、纳西族的民族特色及印度风格。

改革开放后，东坝乡因人均耕地少，不少人离开故土到昌都、拉萨等地经商，生意大到买卖珠宝，小到贩卖水果。他们将生意越做越大，然后荣归故里修建房子，于是逐渐形成独特的建筑风格。

东坝乡军拥村民居一角。2020 年 9 月 13 日，普布扎西摄影

东坝乡军拥村村民在下棋。2020 年 9 月 13 日，普布扎西摄影

东坝乡军拥村村民在村头下棋。2020 年 9 月 13 日，普布扎西摄影

独有的"尼木"

相传，文成公主进藏到东坝时，带来了四种围棋——"尼木""智力""安全不安全""爱打不爱打"，以及各种农作物。

藏语"尼木"意为"纵横交错"，因其棋盘像纵横交错的"井"字形而得名。下尼木棋没有年龄、时间、场地限制，随时随地可在地上画棋盘，用石子和泥团当作棋子下棋。人们通常在朋友聚会或休闲娱乐时下尼木棋，有时时间长达六七个小时。下棋时，双方执子，围观者分别站在两边，为其支持一方出谋划策，场面十分热闹。下棋不赌钱或物，高手在村中威望高，受人尊重。

尼木棋棋盘是由纵横交错的3条、6条、9条、12条或15条线组成的"井"字形网格。棋艺水平普通者通常用6条或9条线的棋盘，棋艺水平较高者用12条或15条线的棋盘，小孩通常用3条线的棋盘。棋盘线条越多，难度越大。

左贡县东坝乡军拥村。2020 年，陈小波摄影

第五节　东坝三章

文 | 何自力

走　山

> 出门在外，山在脚下，家在心里；
>
> 远方归来，家在山下，山在那里。

男人与山的关系，在对左贡县东坝乡这个茶马古道重要驿站的调研中，令人印象深刻。曾经，这里的男人多以跑马帮为谋生手段。

介绍东坝乡的书上有这样的描述：以乡政府驻地军拥村为中心，四周山峦叠嶂，形如莲花，周围的山川形成了姿态各异的动物形状，东为狮形，南为龙形，西为凤形，北为龟形。

通往东坝乡的公路沿怒江一线在刀劈斧砍般的陡峭山脉上回旋，高山与怒江河谷之间的垂直落差近 3000 米，汽车行驶在险峻的山路上，就如同在悬崖峭壁上"扭秧歌"。

当地流传着一句老话："上行只见一线天，下行只见一线江。"当年的马帮有着多大的勇气与脚力，才敢行走在这峭壁峰峦之间！

2 万多米的盘旋公路令人头晕目眩，就在难以忍受之际，山谷里，东坝乡的几个村落赫然出现在我们的视野中。

在初秋高阔的天空之下，一簇簇绿中染黄的树林，一栋栋造型独特的小楼，依着陡峭的山势铺陈在峡谷中，如诗如画。

抵达东坝乡军拥村时，大山深处的绿洲着实让人感到惊艳：狭长的河谷地带，由于海拔低，气候湿润，花木茂盛，瓜果飘香，好一个"世外桃源"。

出发前，我查阅过资料，了解到东坝乡是茶马古道众多支线上的重要驿站之一，也是马帮从川、滇地区运送物资的集散地和中转站。

如今的东坝乡，马帮几近绝迹，"山间铃响马帮来"早已成了影视作品和文学作品里的传奇。偶尔可以看见一两位村民牵着披红戴绿的马匹去

东坝乡军拥村村民开着自家的小轿车。2020 年 9 月，何自力摄影

找游客做生意。马帮的后人如今不用风餐露宿、奔波劳碌了。

37岁的嘎索平多是土生土长的东坝乡军拥村村民，也是4个孩子的父亲。在嘎索平多家宽敞的客厅里，他取出一只具有百年历史的马帮用的皮酒壶，皮酒壶的褶皱里落满了灰尘。嘎索平多讲述了他爷爷常常给他讲的马帮故事，但他对这些故事的记忆有些模糊了。

他爷爷是西热仓家族马帮的马锅头（马帮首领的俗称），帮西热仓家族到云南及康定、成都等地运送、交换物资。据说西热仓家族当时拥有上百匹骡马，是东坝一带知名的三大马帮商主之一。

自18世纪开始，东坝就是当时帕巴拉家族的庄园所在地。据说，西热仓家族里的祖辈曾当过帕巴拉家族的侍卫，在帕巴拉家族的支持下，逐渐建立起了往来于川西雅安、康定、拉萨至尼泊尔的这条路线，以及从云南普洱茶产地出发，经大理，顺怒江到拉萨，再由江孜亚东出境的茶马贸易路线。后来，西热仓家族成为通过茶马互市以物易物，维持并提高生活水平的东坝百姓中的佼佼者。

嘎索平多说听他爷爷讲过，马帮带出去的货物主要是当地的农产品，比如虫草、贝母等，换回来的主要是茶叶、盐巴等。他们的一条路线是从东坝出发，经过左贡，到比图乡，再到云南；另外一条路线是从左贡到芒康，再到巴塘，然后再到康定。

一般来说，马帮三四个月才能走一个来回。马帮出发的时间不固定，8月挖完虫草、贝母，他们 9 月就可以出发了，通常 12 月或次年 1 月就能回到家。

祖辈的含辛茹苦，在嘎索平多的描述中却显得有些云淡风轻。

1992 年，东坝乡申请 50 万元专款修建了一条简易的土公路。2017 年，东坝乡水泥公路修通了，马帮逐渐被快捷的汽车运输取代。

走进历史的不仅仅是马帮，还有马帮文化。嘎索平多会唱很多流行歌曲，但马帮的歌谣他一句也不会唱。

两年前，调研小组负责人郝方甲偶遇了一位曾经跑马帮的老人，记录并翻译了他唱的一首茶马古道无名歌，只是读歌词，就能感受到马帮一路走来的悲凉与无奈，还有他们勇敢与乐观的精神。

山　居

一座历经沧桑的古宅隐藏在军拥村的小巷里，古宅外墙的牌匾上写着"左贡县县级文物保护单位"。这座建于清末民初的古宅，就是西热仓家

东坝乡军拥村的小孩在家门口玩耍。2020 年 9 月，何自力摄影

族的住宅，距今已有百年历史。

2016年，当地政府投入200多万元，按照"修旧如旧"的原则对古宅进行了保护性维修。

西热仓家族的后人、房子的主人玉珠才措一家依然生活在这座古宅里。走进古宅，电视、电脑、冰箱、席梦思床等家电应有尽有，为古宅增添了现代生活的气息。

村主任向巴哲加告诉我们，军拥村里的绝大多数房子都是以这座古宅为模板建造的。"有着经商传统的东坝人，走南闯北，长了见识。"向巴哲加说，"以前东坝人跑马帮，现在他们常年在外经商、务工，赚了钱，回家就大兴土木，兴建房屋。上一代人动工打下地基，后几代人便会在此基础上逐年翻修、扩建。"

东坝人把盖房子当成一辈子的事。挣钱，盖房子，再挣钱，再盖房子。一代接着一代，东坝民居便逐步建成。

乡政府所在地军拥村有民居近40栋。据介绍，当地居民是用柱子数量来计量房子大小的，一座约50柱的两层楼房有20多间房。新中国成立之前，这里的民居一般都是16柱左右。如今，村民们的生活越来越富裕，普通人家建造的房屋大多为40柱，有的甚至为70柱以上。

军拥村最大的民居嘎松旺加家占地面积达420平方米，从1998年开始修建，21年后终于完工，前后花费超过800万元。

推开木制大门，走进嘎松旺加的家，只见天竺葵等各色花卉围着一棵大树，形成类似花坛的景观，成为整座建筑的中心点，三面的建筑和院墙构成一个闭合的空间。

东坝乡的民居多为三层建筑，每层顶高约5—6米，墙体有1米多厚，在彰显气派的同时兼具了通风和防暑功能。底层堆放杂物、农具等。二层正中间为长方形天井，天井四周为走廊，走廊周围有大小不等的房间，作为客厅、厨房和卧室。三层的前半部分是平台，后半部分是经堂和卧室。

在长期的民居建设中，世代走南闯北的马帮见识过各地的建筑风格，他们加以创新，凸显出东坝乡民居建筑中多元文化融合的独特魅力。

军拥村里每一座民居大门上的图案几乎都集合了茶马古道起始点四川、云南等地的特色，而印度、尼泊尔的绘画和雕刻艺术的精华也被村民大胆地运用到自家的建筑上，当地人文学者称之为"民居建设的突破"。

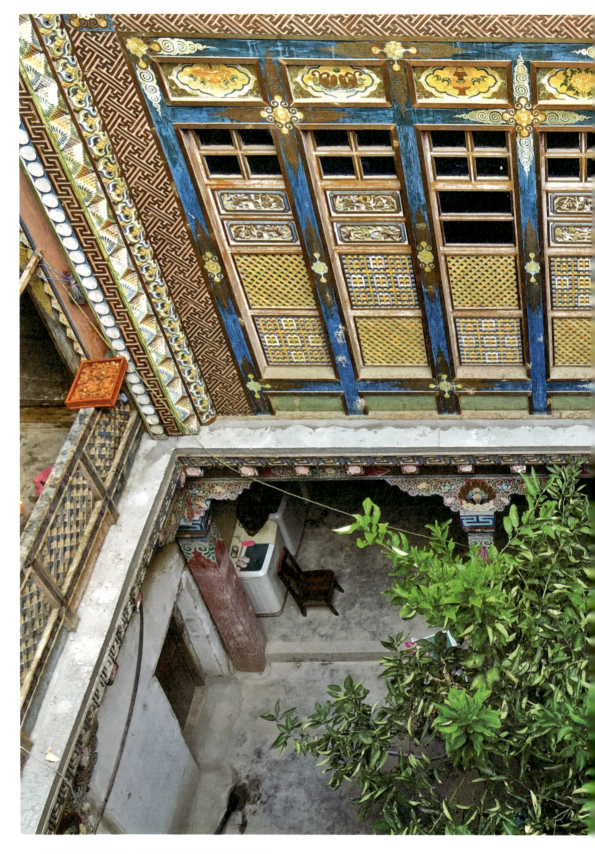

左贡县东坝乡军拥村一民居内。2020 年，陈小波摄影

左贡县东坝乡军拥村小学，一名学生正在教室写字。2020 年，陈小波摄影

白色的院墙，镂空饰彩的门窗，在绿色植物的掩隐中趣意盎然。军拥村民居建筑中最常用的蓝色、红色、绿色、黄色分别象征着天、地、水和信念，人们以此祈愿吉祥。

走出大山的康巴汉子，把对家的深情凝聚在房屋的一砖一瓦上，从门楣、窗框、房梁、房檐到内墙、外墙，每一刀雕刻、每一抹色彩都洋溢着他们对如今生活的热爱。

同行的左贡县委宣传部部长谭良勇说，东坝民居既是高原民族超常生存能力和智慧的一种体现，又是家庭财富、社会地位的一种象征。

村主任向巴哲加说，在这里，住房不只是满足人们居住的需要，也是人们的一种精神寄托，更是福泽后代的一种重要方式。

在军拥村，目前唯一的一家家庭旅馆是一座有 48 根柱子的"豪宅"。男主人白桑平时带着施工队在外承包工程。2010 年前后，在左贡县政府的扶持下，白桑的妻子安措在家经营起了家庭旅馆。安措了解到，左贡县正在谋划振兴东坝乡旅游产业。她说，这样她的旅馆就会有更多的客人入住。

出　山

20 世纪 90 年代初，时任东坝乡乡长的嘎松泽平作为脱贫致富带头人，就打起了因地制宜发展种植经济林的主意。在请教相关专家后，他选择种植苹果树，估计种 1 亩苹果树每年能为村民增加 4000 元收入。

嘎松泽平前往昌都市购买了 500 株苹果树树苗，在东坝乡推广种植。

春天花开，秋天结果。东坝人用勤劳的汗水浇灌出"水果之乡"的美名。

如今，在东坝乡军拥村，几乎每家每户的庭前院后都种有梨树、核桃树、李树等经济林木。

有着经商传统的东坝人，每逢果实成熟时，便会将新鲜的水果运到左贡县及昌都市等地销售。村民还会将新鲜水果加工成各种水果干，一年四季都能出售。

村民噶松泽平家的 4 亩经济林木每年能给他带来 2 万多元的收入。

随着互联网在当地农牧区的普及，地处深山峡谷的东坝乡也赶上了网络时代的步伐。

东坝乡的年轻人丁增桑丹每天在抖音平台上进行网络直播，他用流利

东坝乡军拥村的"网红",通过网店自谋职业。2020年9月,何自力摄影

的汉语介绍东坝乡的风土人情,以及服饰、物件,现在已颇有名气,成了东坝乡的"网红"。

在崇尚教育的东坝乡,许多村民把孩子送到左贡县或昌都市,甚至拉萨市上学,家里的大人也会跟着去陪读。

上海师范大学人文学院少数民族语言文学专业的博士研究生关东晨,从2018年10月开始在东坝乡调研当地的土语。他一边调研,一边利用空余时间在东坝乡中心小学支教,承担二年级、六年级的数学教学和五年级的英语教学工作。在教学过程中,他发现孩子们缺乏自然科学知识,存在"科学盲点"。他决定竭尽自己所能,帮助深山峡谷里的孩子。

他每周上22节课,他把教学工作称为"社会服务""义务支教"。他说:"想让更多的东坝孩子看到外面的世界。"在他和学生们的共同努力下,他带的两名学生考出了不错的成绩,进入了更好的学校上学。

进村公路旁,时常可见筑路工人的身影和观景台的雏形。站在观景台上，奔流的怒江、峡谷里的东坝乡尽收眼底。

"军拥村是第一批入选中国传统村落的村庄。"谭良勇告诉我们，"左贡县正在实施以东坝乡古民居为特色的旅游振兴计划。"

这位在西藏出生、长大的汉族干部说："我们就是想让东坝乡的古民居被更多的人认识，让脱贫的农牧民因为旅游业的发展过上持续的更加富足的生活。"

第二章

留在山里·年轻人的

日与夜

左贡县木龙村一户村民家里。2018 年 8 月，曹晓丽摄影

左贡县木龙村，放学路上玩耍的孩子。2018 年 8 月，曹晓丽摄影

第一节　一个"能人"带来的扶贫灵感
——木龙村扶贫调研札记

文 | 张晓羽

一

从木龙村的后山上俯瞰，才发现这座村庄三面被周围的几座山惬意地包裹着，像个襁褓里的孩子。峡谷里的清流将村子分为左右两岸，湍急的水流声将村庄衬托得更加静谧。

这里自然资源丰富，有虫草、山菌，还有天然的牧场。生活在这里的藏族同胞祖祖辈辈靠山吃山，认为读书最是没用，走出山坳务工会受人鄙视。10 年前，当时的老村主任甚至到处找关系让他学习成绩还不错的儿子辍学去放牛；10 年后的今天，看到村里的发展和知识改变命运的力量，老村主任后悔不已。

二

木龙村全村有 52 户 300 多人，其中有 13 户建档立卡贫困户。

在西藏，普通百姓文化水平较低，与外界交流语言不通，也许靠一位有想法、有担当的干部就能带动一座村子实现脱贫。

木龙村的改变，正源于一位执着的驻村第一书记——桑吉，来自离左贡不远的八宿县。他说，最难的工作就是改变观念。

2013 年，国际贸易专业毕业的他被分配到木龙村驻村组，他用两年时间学习基层工作，帮助村民建学校，修葺在地震中损毁的房屋，慢慢与村民建立了信任感。

听说了木龙村几百年前戛然而止的制香传统，桑吉打起了算盘：守着"神山"赐予的藏香原料，还等什么呢？

他来之前，村民的主要收入来源是传统的畜牧放养和虫草采集，鲜有游客光顾此地。他带着村里几名年轻人跑到拉萨学习制香工艺，然后趁热打铁，现学现卖，不到两年时间，就在村里开起了藏香厂。村民们除了每年从销售利润中分红，平时还可以通过为藏香厂采集原料增加收入。藏香厂第一年就给全村人分红近 10 万元。

三

转眼来到 2016 年，桑吉的驻村任期就要到了，而藏香厂才刚刚有了起色。是走还是留？

他一直记得，自己来到木龙村的第二天就遇上地震。那天夜晚，村民们聚集在一起，小声嘀咕着："驻村干部有什么用，得去找乡里、县里的干部……"从那时起，他就决心要干出个名堂再离开。

桑吉将驻村任期延长了两年。

厂里的年轻人如释重负的同时压力也很大。给他们学习、成长的时间并不多。两年过去了，我们再去时，看到宽敞、明亮的新厂房已是村里最现代化的建筑，等机器到位，就可以实现量产了。

四

硬件解决了，软件成了更大的挑战。扶智，才能从根本上扶贫。

2018 年 9 月，我们跟随为厂里采草药的村民赤烈阿珠来到他家。因为没有固定收入和生产工具，他家被列为建档立卡贫困户。我们去的那天，他的妻子在山里采菌子，不到半岁的小儿子被用被子拦在床上，家里几乎看不到一件玩具。

正聊着，他上一年级的大女儿格桑永青放学回来了，小姑娘看到我们一点也不认生。她不会说汉语，给我们唱了唯一一首在幼儿园里学的汉语儿歌《小兔子乖乖》。虽然她的汉语发音不太标准，但歌声和西藏的天空一样纯净。

在西藏，有些孩子上小学后才开始接触汉语，就像其他地方的孩子学习外语一样，回家之后没有汉语环境，进步缓慢，这也是许多汉族驻村干部来到西藏无法和村民进行无障碍交流，工作很难开展的原因之一。

如今，他们一家人的活计都指望着藏香厂。他的妻子初中毕业，在当地已经算是文化程度比较高的，所以在厂里有正式工作。赤烈阿珠的主要工作是采草药、打零工，这几年刚刚还完盖房的贷款，下一步计划努力攒钱，供两个孩子上学、买车……

跟赤烈阿珠一样，年仅 29 岁的村主任白马顿珠也是只能听懂简单的汉语，跟外界沟通需要翻译协助。他就是桑吉花心思培养的接班人，也是去拉萨学习制香的村民之一。他自信但略带羞涩地说："桑吉让我们看到了藏香厂的前途和希望，所以我们必须努力。"

五

2021 年，藏香厂已经成为村民农闲时节名副其实的"致富宝"。藏香厂解决了群众就业问题，助力乡村振兴。截至目前，木龙村农民专业合作社轮流提供了本村 51 人的就业岗位。木龙村群众的人均收入由 2018 年的 6895 元提升到了 2021 年的 1.2 万元。

在脱贫的道路上，一个不能落下，一个不能少。

左贡县木龙村藏香厂内的制香机器。2018 年 8 月，曹晓丽摄影

左贡县木龙村藏香厂一角。2018年8月，曹晓丽摄影

左贡县木龙村藏香厂已制成形的藏香。2018年8月，曹晓丽摄影

山
里
的
日
与
夜

左贡县木龙村村民赤烈阿珠家。2018 年 8 月，曹晓丽摄影

左贡县木龙村村民赤烈阿珠上小学的女儿格桑永青。2018 年 8 月，曹晓丽摄影

左贡县木龙村村民赤烈阿珠在家做午饭。2018年8月，曹晓丽摄影

左贡县木龙村藏香厂的工人在山上采摘制香所需的香草。2018年8月，曹晓丽摄影

左贡县悦溪温泉度假酒店室内一角。2017 年 4 月 24 日，陈荣辉摄影

第二节 左贡"85后"藏族青年影像志

文 | 翟国泓

据 2016 年《中国青年创造力白皮书》显示，"85 后"是中国史无前例的个体崛起浪潮中的冲浪者。[1]

左贡县位于青藏高原东南部，是西藏自治区昌都市下辖的国家级贫困县。

2018 年 3 月至 8 月，"影像见证新时代 聚焦扶贫决胜期"2018—2020 大型影像跨界驻点调研创作工程西藏左贡驻点小组连续三次进入左贡，在开展调研工作的过程中，正好经历了左贡县重点招商引资项目悦溪温泉度假酒店从员工招聘、试营业到正式营业的过程。这家位于左贡县珠然新区，拥有 207 个房间的三星级酒店，是左贡县史上最为豪华的酒店之一。它的建成和正式营业，从某种程度上代表着这座古老的县城向现代化更进了一步。

采访中我们发现，"85 后"藏族青年拥有比老一辈更强烈的自我意识，以及自我实现的使命感。他们开始以兴趣界定未来的生活。例如，立志考公务员的餐厅服务员巴桑群措，想当老师的四川外国语学院毕业生达瓦卓玛。但与其他省市同龄青年相比，他们承担了更多的家庭责任。例如，丁曾和卓嘎措姆要供他们的弟弟上学。他们的娱乐生活相对单一，绝大部分受访者"在县城，最喜欢去的地方"是朗玛厅[2]。

我们结合影像和访谈，观察这群藏族年轻人未来将如何做出职业的选择，用什么样的方式生活，希望从中得到一些时代密码，给处于扶贫决胜期的左贡县留下一个"85 后"藏族青年群体的影像注解。

1　《中国青年创造力白皮书》（2016 年），淘宝网 & 青年志联合发布。

2　"朗玛"原意是指成年女子的歌舞。在西藏和平解放之前，"朗玛"作为宫廷乐舞，只供达官贵人和高级僧侣享用，普通平民和农奴是根本无法观赏到的。经过多年的发展和完善，"朗玛"已经成为一种藏族艺术表现形式，其曲式结构完整，旋律优美抒情，舞蹈节奏欢快跳跃，气氛非常热烈。如今，为"朗玛"伴奏的乐器有六弦琴、扬琴、笛子、二胡、电子鼓等。走出旧时的宫廷，融入百姓生活的"朗玛"，如今深受藏族群众的喜爱。这几年，仅在拉萨就如雨后春笋般涌现出了几十个以表演藏族歌舞为主的朗玛厅。（资料来源：中国网）

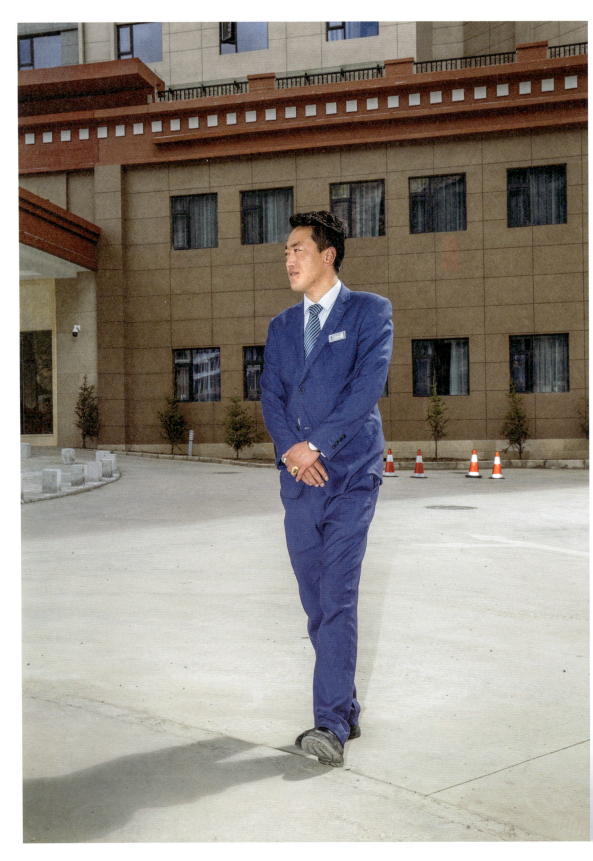

洛松顿珠。2018 年 4 月 24 日，陈荣辉摄影

姓名：洛松顿珠

职务：保安部主管

出生年份：1988 年

籍贯：昌都市芒康县

问：什么时候开始在酒店工作的？

答：2017 年 7 月 9 日。

问：来酒店工作之前做什么？

答：在昌都庭亭酒店保安部当主管。

问：对现在的工作满意吗？

答：各方面都很满意。

问：在县城，最喜欢去的地方是哪儿？

答：朗玛厅。

问：平时最大的爱好是什么？

答：打麻将。

问：去过最远的地方是哪儿？

答：拉萨大昭寺、小昭寺，去拜佛。

问：你现在最想要的东西是什么？

答：我想买辆汽车，有车回家过年就方便了。但是现在没钱买。

问：你现在快乐吗？

答：快乐。人嘛，要求不要太高，把自己过好就行了。

问：未来有什么打算？

答：存一些钱，买辆面包车，去"跑车"。

巴桑群措。2017 年 4 月 24 日，陈荣辉摄影

姓名：巴桑群措

职务：餐厅服务员

出生年份：1995 年

籍贯：左贡县乌雅乡

问：什么时候开始在酒店工作的？

答：2017 年 7 月。

问：来酒店工作之前做什么？

答：在林芝的农牧学院读书，学园艺专业。毕业后参加公务员考试，差了 1 分，没有考上。

问：对现在的工作满意吗？

答：满意。

问：在县城，最喜欢去的地方是哪儿？

答：朗玛厅。

问：工资怎么花？

答：工资有 2800 元，基本上都存起来。

问：平时最大的爱好是什么？

答：比较喜欢跳舞。

问：去过最远的地方是哪儿？

答：拉萨。

问：你现在快乐吗？

答：还可以吧。

问：未来有什么打算？

答：准备参加公务员考试培训。之前参加日喀则公务员考试，没有考上。希望能通过明年 6 月的那曲公务员考试，到那曲工作。那里经常下雪，我喜欢下雪的地方。虽然没有去过，但我心里一直向往着那里。

欧珠。2017 年 4 月 24 日，陈荣辉摄影

姓名：欧珠

职务：保安

出生年份：1999 年

籍贯：左贡县中林卡乡

问：什么时候开始在酒店工作的？

答：2018 年 8 月。

问：来酒店工作之前做什么？

答：在家里的葡萄厂打工，主要负责浇水、挖草。

问：对现在的工作满意吗？

答：满意，工资比原来高。

问：在县城，最喜欢去的地方是哪儿？

答：朗玛厅。

问：工资怎么花？

答：花在朗玛厅了。

问：平时最大的爱好是什么？

答：跳舞。

问：去过最远的地方是哪儿？

答：昌都市。2017 年去昌都打工，在建筑工地上盖房子。

问：你现在最想要的东西是什么？

答：没有。

问：你现在快乐吗？

答：快乐，很满意。

问：未来有什么打算？

答：在这里好好干，存点钱。

四郎曲珍。2017 年 4 月 24 日，陈荣辉摄影

姓名：**四郎曲珍**

职务：**客房服务员**

出生年份：**1995 年**

籍贯：**左贡县田妥乡**

问：什么时候开始在酒店工作的？

答：2018 年 3 月。

问：来酒店工作之前做什么？

答：在家里种青稞。

问：对现在的工作满意吗？

答：满意。

问：平时最大的爱好是什么？

答：跳舞。

问：去过最远的地方是哪儿？

答：小时候去过拉萨。

问：你现在最想要的东西是什么？

答：没有。

问：你现在快乐吗？

答：很快乐。

问：未来有什么打算？

答：我还没有认真想过。

洛松四郎。2017 年 4 月 24 日，陈荣辉摄影

姓名：洛松四郎

职务：客房服务员

出生年份：1997 年

籍贯：左贡县下林卡乡

问：什么时候开始在酒店工作的？

答：2018 年 7 月。

问：来酒店工作之前做什么？

答：帮家里做农活。

问：对现在的工作满意吗？

答：满意，喜欢现在的工作。

问：在县城，最喜欢去的地方是哪儿？

答：去朗玛厅玩。

问：平时最大的爱好是什么？

答：唱歌。

问：去过最远的地方是哪儿？

答：昌都市。

问：你现在最想要的东西是什么？

答：没有。

问：现在快乐吗？

答：快乐。

问：未来有什么打算？

答：还没想好。

仁青拉姆。2018 年 4 月 24 日，陈荣辉摄影

姓名：仁青拉姆

职务：餐厅服务员

出生年份：2001 年

籍贯：左贡县碧土乡

问：什么时候开始在酒店工作的？

答：2018 年 3 月。

问：来酒店工作之前做什么？

答：在县城的茶楼和理发店做服务员。

问：对现在的工作满意吗？

答：很满意。

问：在县城，最喜欢去的地方是哪儿？

答：朗玛厅。

问：工资怎么花？

答：不花，都存下来。

问：去过最远的地方是哪儿？

答：去年去拉萨找朋友玩。

问：你现在最想要的东西是什么？

答：没有。

问：你现在快乐吗？

答：我很快乐。

问：未来有什么打算？

答：现在没有想过。

达瓦卓玛。2017 年 4 月 24 日，陈荣辉摄影

姓名：达瓦卓玛

职务：餐厅服务员

出生年份：1993 年

籍贯：左贡县旺达镇

问：什么时候开始在酒店工作的？

答：2017 年 6 月。

问：来酒店工作之前做什么？

答：在重庆四川外国语学院读本科，师范专业。

问：对现在的工作满意吗？

答：不太满意。

问：工资怎么花？

答：存起来，准备 11 月左右去拉萨参加培训，明年 8 月左右考公务员。

问：平时最大的爱好是什么？

答：说笑话。

问：去过最远的地方是哪儿？

答：重庆、甘肃。

问：你现在最想要的东西是什么？

答：考公务员，在拉萨找份工作。

问：你现在快乐吗？

答：我现在非常快乐，因为我很健康，身边的人也很好。

问：未来有什么打算？

答：考公务员，这次我很有信心。

扎西罗布。2018 年 4 月 24 日，陈荣辉摄影

姓名：扎西罗布

职务：餐厅服务员

出生年份：1997 年

籍贯：昌都市市区

问：什么时候开始在酒店工作的？

答：2018 年 3 月。

问：来酒店工作之前做什么？

答：来酒店之前是司机，感觉收入不是很稳定，就到酒店来看看，寻找一份相对稳定的工作。之前，一个月最多赚过 8000 多元，少的时候 1000 多元，很累，很辛苦。有时候汽车轮胎出问题，挺害怕的。

问：对现在的工作满意吗？

答：满意。

问：在县城，最喜欢去的地方是哪儿？

答：酒吧，可以去那里放松放松。

问：平时最大的爱好是什么？

答：喜欢去网吧玩玩游戏，以前比较喜欢玩"英雄联盟"，现在比较喜欢"吃鸡"。

问：去过最远的地方是哪儿？

答：成都，那里很漂亮，也很好玩。

问：未来有什么打算？

答：我想多挣点钱，以后把爸爸妈妈接到拉萨去。

卓嘎措姆。2018 年 4 月 23 日，陈荣辉摄影

姓名：卓嘎措姆

职务：餐厅服务员

出生年份：1998 年

籍贯：左贡县绕金乡

问：什么时候开始在酒店工作的？

答：2018 年 3 月。

问：对现在的工作满意吗？

答：满意。

问：工资怎么花？

答：现在每个月收入有 2000 多元，没什么大的开销，就是日常消费，买买衣服。

问：你现在最想做什么？

答：最想去拉萨看看。

问：未来有什么打算？

答：赚钱供弟弟上学。现在积蓄不是很多，还要再努力。

丁曾。2018 年 4 月 24 日，陈荣辉摄影

姓名：丁曾

职务：餐厅领班

出生年份：1995 年

籍贯：左贡县中林卡乡

问：什么时候开始在酒店工作的？

答：2017 年 7 月，那时酒店还在装修，我是最早一批来应聘的。

问：来酒店工作之前做什么？

答：做传菜员，现在经过努力，已经是餐厅领班了。

问：对现在的工作满意吗？

答：做六休一，很喜欢这份工作。一起工作的同事，不管是汉族的还是藏族的，都很有意思。

问：在县城，最喜欢去的地方是哪儿？

答：舞厅和当地的"神山"。

问：工资怎么花？

答：现在每个月工资 4000 多元，还有一些提成。主要用来供弟弟上学和给父母，剩下的留给自己花。

问：去过最远的地方是哪儿？

答：拉萨。

问：你现在最想要的东西是什么？

答：游遍全中国，但目前最远只到过拉萨。希望可以存点钱，以后出去看看。

问：未来有什么打算？

答：多赚钱，供弟弟上大学，然后把父母从农村接到县城。当然，前提是买套房子。

在通往中林卡乡万亩葡萄园的路上，野果为冷峻的群山增添了一丝暖色。2020 年 9 月 13 日，郝方甲摄影

第三节　葡萄园里的年轻人

文 | 郝方甲

我们在著名作家马丽华的《藏东红山脉》一书中读到一则关于怒江和玉曲河的有趣传说，其中生动地描述了这片地区的自然风貌。

从碧土到甲朗，有怒江及支流玉曲河流过。怒江峡谷中盛产树木花草，硕果累累；玉曲河两岸荒凉贫瘠，雹霜成灾。玉曲河在这儿有一个奇怪的急转弯，几乎平行回流约骑马一天的路程。

关于玉曲河的这一道拐弯，当地人盛传，是玉曲河"提出"与怒江赛跑，看谁先到达梅里雪山。

玉曲河一路奔跑，全然不顾沿途风景。它抢先拜见了梅里山神。山神问它："你给我带来了什么礼物啊？"

玉曲河得意洋洋地答道："为您献上雹和霜。"

梅里山神怒喝一声："什么乱七八糟的！"耳光随之甩了过去，玉曲河一个踉跄退回好远，拐了一个大弯，很不情愿地流入怒江。

怒江呢，一路照料森林、果树和庄稼，终于到达梅里雪山，参见山神。山神问了同样的问题："你给我带来了什么礼物啊？"

怒江谦恭地答道："我带来了奇花异草、水果和五谷。"

森林的保护神大喜，对怒江优礼有加，让怒江两岸更加郁郁葱葱。

左贡县中林卡乡地处怒江流域，属高山干热峡谷干旱半干旱气候，充足的日照、较低的海拔有利于高原特色葡萄的生长，当地有着悠久的葡萄种植和酿酒传统。农业专家认为，中林卡乡气候、土质等适合种植葡萄，而且当地有近 1 万亩荒坡地，科学整治后适合大规模发展葡萄种植业和加工业。

中林卡乡万亩葡萄园区采取"企业 + 园区 + 农户"的经营管理模式，累计投资 1.1 亿余元，改造荒地 7100 余亩，种植葡萄 5832 亩。2014 年从

鸟瞰左贡县中林卡乡万亩葡萄园区。2020 年 9 月 13 日，无人机拍摄画面，普布扎西摄影

中林卡乡万亩葡萄园周围的大山云雾缭绕，工人们忙着采摘葡萄，从车间运来的空箱子堆在山坡上。左贡种植葡萄、酿造葡萄酒的历史悠久，有几株生命力顽强的葡萄老藤仍然年年挂果。过去，当地人自己酿葡萄酒喝，现在有了规模化的葡萄园、现代化的葡萄酒厂，山外的人也能喝到来自左贡的美酒。2020 年 9 月 13 日，郝方甲摄影

芒康县引进赤霞珠 58 万株；2015 年种植 50 亩；2016 年种植 3550 亩，当年因雨季发生泥石流灾害，十字卡村水渠被冲毁，导致 1200 余亩葡萄苗干枯；2017 年进行了补栽；2018 年从银川引进进口脱毒苗木，品种有西拉、霞多丽、美乐、长相思、马瑟兰等，共 35 万株，种植面积达 2232 亩。

2018 年，在左贡县和厦门援藏工作组的积极争取下，厦门夏商集团协调引进厦门民营企业成功红集团，在左贡注册"西藏成功红天麓酒庄有限公司"，全面接管中林卡乡万亩葡萄园区，投资 1 亿元打造左贡怒江河谷葡萄产区和高原生态葡萄酒庄，成为左贡葡萄酒产业发展的主力军。

2020 年 6 月 22 日，左贡县天麓酒庄酿酒加工厂灌装仪式启动，标志着世界上海拔最高（海拔 3911 米）的酒庄正式投产运营，酒庄每小时可批量生产葡萄酒 500 件 3000 瓶，进入丰产期后，年加工葡萄 6000 吨，可生产优质葡萄酒 3000 吨。

左贡县素有藏东南"中国野生红葡萄之乡"的美誉。图为中卡林乡村民在扶贫项目葡萄种植基地采摘葡萄。2020 年 9 月，何自力摄影

　　姜琪，1997 年生人，葡萄酒酿造专业毕业，成功红天麓酒庄有限公司工程师。"按葡萄酒产区标准来说，左贡的气候比贺兰山南麓还要好。特别是冬天，葡萄不用埋土防寒，每亩平均能省 500 元的人工成本。左贡有种植葡萄、酿造葡萄酒的历史，有一批老藤每年依然能产出高质量葡萄，非常珍贵。"

　　计划建设万亩的中林卡乡葡萄园现在已经有 7000 多亩了，姜琪骑摩托车巡查一遍葡萄园足足要用 1 升汽油。葡萄园给当地带来了不少就业岗位，来自若巴村、夏巴村、俄巴村等附近村庄的村民轮流来工作，农忙时一天能来近百人。

　　我们来到葡萄园时，村民正在忙着采摘。成串的赤霞珠葡萄被村民装进背篓，背下山装箱后搬到卡车上，送往不远处的葡萄酒厂。在那里，这些小小的深紫色葡萄进入全自动流水线，再见到它们，已成佳酿。

　　在脱贫攻坚中，左贡县的一条特色葡萄产业链正在形成。图为在葡萄园工作的当地村民。2020 年 9 月，何自力摄影

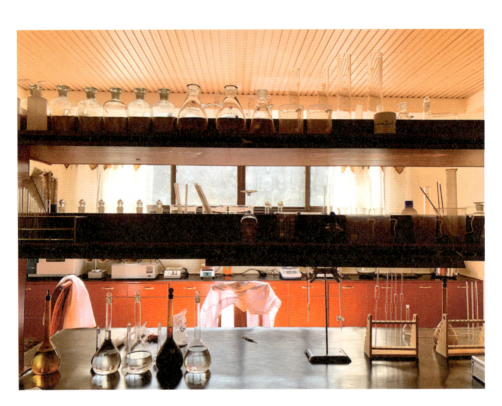

天麓酒庄的葡萄酒实验室。2020 年 9 月 13 日，郝方甲摄影

在中林卡乡万亩葡萄园里，姜琪正在检查刚采摘下来的赤霞珠葡萄。2020 年 9 月 13 日，郝方甲摄影

在左贡县中林卡乡万亩葡萄园里，一名工人正忙着采摘葡萄。这些工人来自若巴村、夏巴村、俄巴村等附近的村庄。2020 年 9 月 13 日，郝方甲摄影

左贡县中林卡乡若巴村村民在万亩葡萄园里搬运葡萄。2020 年 9 月 13 日，普布扎西摄影

左贡县中林卡乡的葡萄酒加工厂。2020 年 9 月 13 日，普布扎西摄影

在中林卡乡万亩葡萄园里的葡萄采摘工人。葡萄园给当地带来不少就业岗位，农忙时一天能来近百人。2020年9月13日，郝方甲摄影

第三章

到山外去·野韭菜的

乡愁

去往左贡县绕金乡绕丝村的一路上都是山连着山，发卡弯连着发卡弯。2018年8月，普布扎西摄影

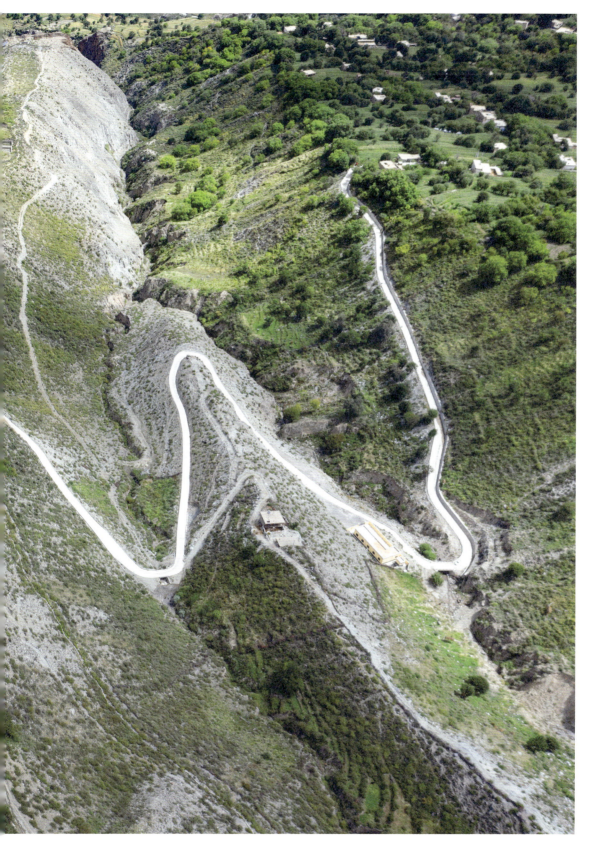

一双写满劳动艰辛的手。2018 年 8 月，普布扎西摄影

左贡县绕金乡绕丝村外的引水管，不同时期的新旧引水管交织在一起。2020 年 9 月 12 日，郝方甲摄影

第一节　绕丝村概况

文 | 郝方甲

　　绕丝村位于西藏昌都市左贡县境内。从左贡县城出发，经过 5 小时左右的车程抵达绕丝村，途中翻越几座海拔 5000 米以上的山峰。山路崎岖，山高谷深。雨季期间，沿途道路泥泞，更增添出行的艰辛和凶险。

　　绕丝村，藏语意为"山脊梁上的村庄"。绕丝村距离县城 140 千米，面积 56.56 平方千米，村庄所在地平均海拔 2700 米，全村共 16 户 80 人，其中建档立卡户共 15 户 71 人，享受低保及"五保"政策共 13 户 49 人，属于深度贫困村。由于水质原因，绕丝村患大骨节病者 34 人，占全村总人数的 42.5%，是左贡县大骨节病的高发区和重灾区。受大骨节病的影响，全村劳动力 53 人中，有 34 人劳动力受限，不完全劳动者占劳动力总人数的 64%，大骨节病患者仅能从事轻劳力活动。

　　据了解，针对绕金乡绕丝村村民的地方病（大骨节病），绕金乡人民政府组织群众先后在 1969 年、1988 年、1998 年进行过三次大的改水工程，从普拉村引水至绕丝村，全长大约 6 千米，这三次改水主要针对改善农村饮用水质量。2017 年，中绕罐区项目在绕丝村落地，绕丝村水的问题基本得到解决。这四次改水工程，明显降低了当地村民大骨节病的发病率，在现阶段 17 岁以下的青少年中没有出现大骨节病的症状。

　　为彻底解决绕丝村大骨节问题，左贡县委、县政府、县脱贫攻坚指挥部抓住"十三五"脱贫攻坚的机遇，对绕丝村 15 户 69 人采取易地扶贫搬迁措施，让他们搬迁到县城附近新建的易地扶贫搬迁安置区居住生活。搬迁从根本上阻断了大骨节病的发生和传播。

　　左贡县绕金乡绕丝村山坡上随处可见引水管。绕丝村水质不好，导致村民世代深受大骨节病困扰。给绕丝村改善水质，以降低大骨节病发病率，是当地政府的一项重要工作。2020年9月12日，郝方甲摄影

左贡县绕金乡绕丝村几位村民在地里。很多人过上了老家、新房两头跑的生活。2020 年 9 月 12 日，郝方甲摄影

左贡县城附近新修建的易地扶贫搬迁集中安置点。2020 年 9 月 12 日，普布扎西摄影

第二节　易地搬迁前夕的绕丝村村民口述

西绕巴登，37 岁，绕金乡乡长

我跟老百姓说，搬迁是政府给你多一种选择，多一条出路。绕金乡2000 多人，易地搬迁 500 多人。一些年龄大的村民说到海拔高的地方居住身体适应不了。

易地搬迁，村民最大的疑问就是：我的房子和地怎么办？国家是不是要收走？国家给安排工作吗？

我跟他们说，国家的政策都是好的。

西绕巴登。2020 年 9 月，普布扎西摄影

阿嘎，43 岁

政府给我们村改过水，现在水质已经好多了。早就知道村里的水土有问题，几十年里，国家前前后后改过三次水，前两次都是把水引进来，但通了一段时间就断了，第三次改水主要针对村民饮水质量。2017 年，中绕罐区项目终于在绕丝村落地。

我家里有 2.4 亩耕地，种玉米、青稞和果树。妻子几年前去世了，家里只有我们父子二人。儿子 23 岁，认识一点字，别人家里有红白事会请他去念经。念一天经，多则挣 100 元，少则挣几十元。

如果搬下山，带上粮食就行，别的不带什么了，又不是不回来住老房子了。最舍不得的是这房前屋后的蔬菜、水果，毕竟去了城里，啥都要花钱。你看我屋后有野韭菜，春天长出嫩芽就可以割来吃，夏天继续吃野韭菜花。去了城里，这些可就吃不到了，而且什么都要花钱买。

绕丝村村民在村头晾晒桃仁。2020 年 9 月 12 日，普布扎西摄影

宗西，53 岁

　　我家里有 5 个孩子，4 个在外面上学，大儿子留在身边，是家里的劳动力。如果搬到县城，就让大儿子到建筑工地上打工。

　　我们非常愿意搬出去，只有一个问题：我的牛能不能带去？

宗西（左一）。2018 年 8 月 16 日，普布扎西摄影

丹增拉珍，47 岁

我家里有 3 个孩子，都在外面上学。家里条件一般，2008 年安居工程开始时，我家用政府分两次补助的 2.5 万元盖起了这座房子，实现了人畜分居。

我的老伴儿是村委会副主任，平时村里工作多，他顾不上家，耕地和果树主要靠我管理。我从小在绕丝村长大，得了大骨节病，手肘和腿略有不方便。

丹增拉珍。2018 年 8 月 18 日，普布扎西摄影

琴美次仁，48 岁，村主任

我家里 9 口人，3 个孩子在外上学，2 个孩子已参加工作（公职人员）。

根据政策，村里其他人家都符合移民搬迁标准，只有我家不符合移民标准，因为家里有人在外面工作，条件相对好一些，按照扶贫政策不能算扶贫对象。

琴美次仁（左）。2020 年 9 月 12 日，普布扎西摄影

绕丝村村民和孩子在树下休息。2020 年 9 月，曹晓丽摄影

老人和孩子。2020年9月14日，普布扎西摄影

第三节　山沟里的弟弟

文 | 普布扎西

从拉萨开车一个半小时就能到达雅江北边山沟里的家门口了。

3年前，回家需要开几小时的车。那时有一条乡村沙石小路，迎面来车时，光是让车就要花很长时间。下雨时容易积水，小汽车无法通过，只能掉头返回。

10年前，回家需要一天的时间，那时还没有修大桥，需要先坐船跨过雅鲁藏布江，再乘坐手扶拖拉机回家。

很多年前，在我小学毕业那年，这里没桥没路，我第一次走出村庄，第一次看到汽车。我叔叔一辈子生活在村子里，走出村庄的那天是因为要去医院看病，从此再没有回家。

如今，我弟弟当家，继承家业。

回头想一想，弟弟在农村生活，冥冥之中是注定的命运。上小学时，家里需要一个孩子放羊。放羊代表着无忧无虑，所有上小学的孩子都期盼着有朝一日被叫回家放羊。弟弟学习好，又能说会道，父亲觉得他上学会比我更有出息。但弟弟有一双甄别羊群的"慧眼"，如果我们家的一只小羊跑到别人家的羊群里，他能从别人家几百只羊的羊群里找出来，从不失手。他凭借这个独特的优势，成功"卷铺盖"回家放羊，而我当时还在学校里郁闷了好几天。每到期末考试，我就会想起在大山上唱着歌、赶着羊群的弟弟，不由心生羡慕。

前两年，弟弟陆续把家里所有的羊都卖完了，他的手机壁纸是一只白色的山羊。现在，他的3个孩子都在上学，大女儿在读大学。

乡村的童年回忆如同菩提珠子，每一粒上都有一段粗糙无比的记忆。小时候过年时，亲戚从城里带来一个硕大的水果，是绿色的。大年初一那天，父亲用刀将其切成无数个片片，家里人多，每人只能分到很薄的一片。我把自己的那一片水果一口吃完了，而弟弟却不舍得吃，放在枕头底下藏了好几天，最后失去水分干瘪了，吃不了了，他因此郁闷了好几天。这是

山沟里的弟弟。拍摄时间不详，普布扎西摄影

村民家中的旧电视机。2020年9月13日，普布扎西摄影

我们人生第一次吃西瓜，此后，弟弟每年到拉萨购置年货时都要买一个西瓜带回家。

这几年，他除了农忙季节在村里耕地种地、收割青稞外，一有机会就到城里打工。弟弟用打工挣来的钱和安居工程项目的补贴在老家盖了新房，开了一家小卖部，生活变得忙碌而充实。

弟弟是一个超级"电器迷"，家里摆放着各个时代的电视机。记得很多年前，老家没电，弟弟用太阳能板发电，用自制的天线接收信号看电视。村里很多年轻人聚集在我家大院子里看电视、喝酒、吃方便面，有力地提升了小卖部的销售额，我们家一度成为村子里最时髦的娱乐场所。

后来村子里终于通上了电，家家户户都买了电视机，弟弟也换了更大、更清晰的电视机，但再也无法实现昔日人头攒动的辉煌情景。院子里，寒风裹挟着树叶，好似群魔乱舞，偶尔有人来买烟酒。

弟弟更换手机的频率更是惊人，几乎所有的国产手机他都用过。他喜欢屏幕大、声音大、游戏多的手机。

能够身处这样的生活而依旧充满喜乐，大概就是生命中最好的时光了。

这次回家，发现来家里的人比过去多了许多。有人喝酒、吃方便面，但大多数人低头玩手机，很少相互交流。一问弟弟才明白，最近家里安装了 Wi-Fi 网络，大家都是被 Wi-Fi 吸引来的，也有一些人不买东西专门来蹭网的。弟弟空闲时会拍抖音，发微信朋友圈。

弟弟出生在 20 世纪 80 年代，受过一定的教育，虽然没能赶上全面推行的九年义务教育，但赶上了西藏农村翻天覆地的大变化大发展时期。

我常常想，如果我没有这么一个弟弟，我的人生定然是另外一种轨迹。弟弟"卷铺盖"兴高采烈地骑上了父亲的白马回家放羊，我却流着眼泪送别他们。这一走，其实就是一生。

有时候，我深感愧疚。如果没有弟弟，去放羊的人就是我，一辈子在农村生活的人也是我，根本不可能有机会走出山沟。有时候，我又很羡慕弟弟，他的生活简单、充实，内心世界丰富而有信仰。山沟里的山、水、农田熟悉他，拥有他。他在山沟的每一个角落里都能感受到父母的温度，都能连接父辈的情感。

人真是一种奇怪的动物，你必须通过一段轮回与磨难，像幼小的鲑鱼，游历完世界，返回原来那条小溪，才能产出那一堆卵。

山沟里弟弟的家，弟媳站在自家院门口。2021 年，曹晓丽摄影

创作手记

峡谷里的初秋
——左贡调研札记

文 | 普布扎西

回想起来，距第一次去西藏昌都左贡县绕金乡绕丝村已过去4年，去往绕丝村的路实在太远、太险，但我仍然记忆犹新。2018年8月，我从拉萨坐飞机赶到昌都邦达机场，从机场转乘汽车来到左贡县，和"大部队"汇合。拟出调研思路后，几百千米外的绕丝村逐渐跳入我们的调研计划里，这里的脱贫故事集中体现了昌都的特色、西藏的特色。

绕丝村在哪里

2018年初秋，我们乘坐汽车从左贡县城出发前往绕丝村。初秋的山谷里，处处都是美景。湛蓝的天空下，村落错落有致地分布在峡谷间，牛羊在山谷里享受秋日的美食，农民在金色的田野里收获庄稼。一条长长的铺满碎石的公路在山间蜿蜒而过，直向大山深处，通往绕丝村。

西藏有句谚语：修行不如修路。路是通往所有地方的起点。藏族人一直保持着一个传统：当你看见路上有石子时，马上捡起来扔到一边。这小小的举动，蕴藏着人们对路的期盼，因为在过去，村子里拥有一条碎石路是村民的一种奢望。牛羊踏出的羊肠小道，需要走上几天几夜才能到达绕丝村。在距离绕丝村不远的一个峡谷里正在修路，我和同事改坐手扶拖拉机向绕丝村驶去。跨过峡谷深处的怒江，小道蜿蜒而上。穿过梯田，我们终于抵达绕丝村。

与西藏所有的小村庄一样，绕丝村的村头也是村民们社交的首选地

调研小组成员曹晓丽（左）、郝方甲（中）、普布扎西（右）在海拔5300米的山上拍摄。2018年，拥增摄影

调研小组成员郝方甲前往绕丝村。2018 年，普布扎西摄影

普布扎西（左一）与绕丝村村民交谈。2020 年 9 月，曹晓丽摄影

左贡县绕金乡绕丝村里的引水管。绕丝村的水质不好，村民的生活饮水全靠从山外引水。2020年9月12日，郝方甲摄影

方，是信息交汇点。村头有一棵大树，树下的几个人正倚靠着摩托抽烟、聊天。

每次打开微信，发现有几条未读信息的时候，我就知道是旦珍赤列发来的。他至今还和我保持微信联系，会给我发图片，希望对他们的村庄有一个整体且立体的呈现。在他发过来的几百张图片里，有春耕的，有放牧的，有挖水渠的，有开会的，还有很多自拍照。

皮肤黝黑，身材精瘦，头发蓬松，略显邋遢，这些是旦珍赤列留给我的第一次印象。按照村里的安排，我们第一次走进了旦珍赤列的家，也走进了他的小小世界。

因语言上的便利，让我和旦珍赤列之间的交流非常顺利。他家有很大一片果园，屋后几亩地的庄稼长势良好。山上养有牦牛，有时还能挖到一些虫草。但唯一让他苦恼的是这里的水质不好，祖祖辈辈有很多人患上了大骨节病。

鸟在鸣叫，声音悠长。太阳从山坳里升起，照耀着东坡，一片赤金色。白云飘浮而来，天空背景是纯净的天蓝色。山涧溪水沿着坝子"哗啦，哗啦"一层层地流下去。这是我对绕丝村的第一印象。

我走出屋子，看见了核桃树、毛桃树、柳树，还有荞麦，正开着白花。马儿在悠闲地吃草，脖子上的铃铛不停地响着……

我眼中的美丽村庄，其实和大骨节病一直在搏斗。

旦珍赤列是绕丝村最乐观的村民之一。他有两个孩子，都在外面上学，放假时才回家，帮家里秋收、放牛。

虽然家庭条件有限，但他气质不凡，脖子上挂着小小的绿松石，时不时用双手将酥油茶端给远道而来的客人。他不怎么爱说话，但脸上带着温和的笑容，十分内敛。

我注意到，他那双端着酥油茶的双手比别人的粗壮，关节处凹凸不平，明显患有大骨节病。

旦珍赤列带我去看村头的水源地。翻过一座陡峭的山坡，四根黑色的水管从水源地迎了过来。他说，附近有一处水源符合饮用水标准，政府进行了几次改水，想把干净的水引到村子里。在离水源地不远处的一座山头上，挂满了经幡，有几位患有大骨节病的老人在转经，嘴里不停地诵经，步履蹒跚，充满虔诚。

剪不断的乡愁

在全面建成小康社会的决战决胜时期，易地扶贫搬迁是解决"一方水土养不起一方人"问题的重要策略之一，其关乎搬迁户的切身利益。搬迁后的文化适应问题是影响搬迁户新生活的客观因素，也是社会稳定、

普布扎西（左）与绕金乡的小学老师交谈。2020年9月，曹晓丽摄影

可持续发展的前提。易地扶贫搬迁使得搬迁户从生活条件恶劣、自然资源匮乏的地区搬到条件相对好的地区，生产、生活条件随之得到很大改善。然而，现实与预期存在一定的差异，譬如搬迁对其而言，长期依赖的土地资源不仅没有得到增加，反而可能减少，加之搬迁户都属于建档立卡贫困户，自身的文化程度相对较低，自我发展能力相对薄弱，实现可持续发展具有一定的困难。同时，搬迁意味着放弃原有的居住环境，到新的地方生活，将面临更多新的问题，这就要求搬迁户具有一定的做出反应的能力，以应对新生活带来的挑战。因此，解决搬迁户在搬迁后的文化适应问题是首要任务，文化适应情况对搬迁户在迁入地的家园感建设具有一定影响，对达成易地扶贫搬迁最终目标具有直接作用。

离左贡县城不远的地方，一座搬迁点正在修建，这里是绕丝村村民即将开始新的生活的地方。大楼拔地而起，等待着绕丝村的村民。

我们通过接触、观察和访谈搬迁户在搬迁后的生活，理解了他们面临的文化问题，他们为了融入新生活所做的文化适应，他们对搬迁的看法，以及对现实居住的"新家"和精神依赖的"老家"的不同体察和认知，深切体会到搬迁户的家园里不仅包含了物质要素，还包含了支撑他们生计、信仰、社区关系、相关空间内的象征实体。

村民们对搬迁抱有希望，但也存在很多顾虑。

后　来

2020年，当我们再次走进绕丝村调研的时候，柏油路已经通到了村子里。村子里处处生机盎然，来自左贡县城的商人在村头批发服装，款式多样，生意相当不错。

村里的苹果、梨子成熟了，被装进小卡车运往县城。

村里的年轻人在一家破旧的台球室里打台球。

村里的一部分村民已经搬迁到县城附近的易地扶贫搬迁集中安置中心，过起了崭新的生活。

村民巴嘎的新家面积大约为50平方米，通电、通水，可以用煤气烧水、做饭，干净整洁。她说："起初有些不习惯，慢慢就习惯了。"

对搬迁到城里的人来说，他们最大的乡愁来源于离开的土地。他们说，山沟的农田里长庄稼、蔬菜，村头有苹果、梨子，山上有牦牛。

城里交通便捷，生活卫生，孩子上学方便，看病也方便。

家和故土，饱含了当地村民对生活的体验与情感，这恰恰也是他们自我认同的一部分。

当我们再次离开绕丝村的时候，村头小餐馆里响起了藏族歌曲：

当走出大山深处古老的家园

走过一道道山梁

蹚过一条条河流

一次次一次次

触动着大山人的心灵

一步步一步步

走出对大山永不变的大爱

啊 我爱你 古老的家园 幸福的家园

一段关于酿造葡萄酒的梦

看见一片草原

想起牛羊之群

默思青梅竹马

念念必有回响

——选自《江热娜唐》

几百年前，法国传教士把葡萄种植和酿制葡萄酒的工艺带到了藏东峡谷之间。一杯葡萄酒下肚，康巴人开始唱起了悠长的牧歌，跳起了飘逸的弦子舞。

左贡县素有藏东南"中国野生红葡萄之乡"的美誉。左贡县的中林卡乡海拔低，位于怒江中上游河谷地带，属于典型的干热河谷气候，日照长，气温高，再加上这里有适合葡萄根系生长的沙砾土，自然条件得天独厚。

50岁的四郎旺佳和妻子阿珍在左贡县中林卡乡若巴村的葡萄园里采摘葡萄，一天辛勤劳作，每人能拿到100元的报酬。幸福至简，其乐融融。四郎对能在家照顾家人、照料牲口，又有一份收入不错的工作感到十分满足。

在左贡县中林卡乡万亩葡萄园里，工人们正忙着采摘葡萄。这些葡萄随后会被运送到不远处的酿酒车间制成佳酿。2020年9月13日，郝方甲摄影

过去的荒沙地变成了万亩葡萄园，增加了村民的收入。我和村民们在葡萄园里聊天，他们对自己的葡萄园非常有信心，对能够在村里就业感到满意。

2012 年，结合中国农业大学农业规划科学研究所专家的建议，左贡县以中林卡乡葡萄园为核心，启动建设万亩葡萄产业示范园项目，累计投资 1.1 亿余元，改造乱石滩 7100 余亩，种植葡萄 5832 亩，积极探索群众参与和经济社会发展同频共振、互动双赢的产业格局，打造全县集生态葡萄园种植、葡萄酒酿造和销售为一体的特色葡萄产业链。

左贡县委宣传部部长谭良勇说："有优势，就要突出优势。历经 7 年时间，我们通过葡萄优势产业建设，使昔日怒江河畔的万亩乱石滩逐步变成生机盎然、风光无限的生态绿洲。"

藏东怒江峡谷里的左贡人坚信，好酒不怕巷子深。从事酿酒工作 25 年的赵敬东心中有一个高原酿酒梦，得知左贡县有优质的酿酒葡萄，他从 2000 多千米外的河北来到这里。

"酿酒是专业性比较强的行当，从葡萄的种植到葡萄酒的酿造、灌装、化验，一切技术都要掌握。我想把自己一生所能都留给高原上的年轻人，希望他们将来做得比我好。让新时代脱贫致富的雪域美酒飘香四方。"赵敬东说。

房子是大地的作品

东坝以独具特色的民居闻名西藏。

今年 77 岁的嘎松次平是东坝乡最古老的民居西然古宅的主人，这座修建于清末民初的古宅是东坝乡建筑风格的源头。

东坝乡位于昌都市左贡县境内怒江峡谷德拉山与拉鲁木山之间一片隐秘的平地高台上。汹涌的怒江从峡谷中间湍急而下，东坝乡的各个村庄拥挤在绿色的坝子上，紧凑且错落有致。东坝乡恰恰位于茶马古道中段，非常适合物资集散和中转，因此很多马帮在此修建房屋。这里是茶马古道上重要的驿站之一。

祖辈跑过马帮的嘎松次平说，过去乡里有五六家大马帮，奔波于茶马古道上，东到康定、大理，西到拉萨，甚至亚东等地，从事长途贩运。东坝乡村民从西藏运出的是鹿角、虫草、麝香、贝母，从四川、云南运进的是茶叶、红糖、布料等，一年四季行走在峡谷之间。

茶马古道不仅是一条商贸通道，也是一条民族文化交流、交融的走廊。马帮把各民族的建筑精髓带到了东坝，让怒江峡谷深处的小村庄变成了西南民族文化融合的缩影，使这里的民居独具特色。

我们看到，东坝古民居整体构造为三层，呈四方形，天井用于采光，结合了藏、汉、纳西等民族的风格。古宅窗体雕刻精细，活灵活现，独

东坝乡军拥村民居一角。2020年9月13日，普布扎西摄影

普布扎西在拍摄。2020 年 9 月，何自力摄影

东坝乡一家餐馆的老板，他来自云南。2020 年 9 月 13 日，普布扎西摄影

具匠心。百年老宅是民族文化交融的"固态作品",而以民居为引的民族文化融合"动态作品"也在东坝乡不断推陈出新。

　　近年来,随着信息技术的发展,这里的深山秘境逐渐被外界所了解,独具特色的东坝民居以及各民族交融的文化氛围吸引了越来越多国内外的游客、创业者和择业者。

　　帅气的丁增桑丹是东坝乡的"网红",他每天在抖音平台进行网络直播,介绍东坝乡的风土人情,吸引外地游客。来自云南丽江的邓中树和妻子刘青梅5年前来此创业,他们在东坝乡军拥村村头经营一家腊排骨餐饮店,生意火爆。当地村民还利用古宅开办家庭旅馆。

　　2018年10月,上海师范大学人文学院中国少数民族语言文学专业博士研究生关东晨来到东坝乡调研当地的藏语方言。他一边调研,一边利用空余时间在东坝乡中心小学支教,负责二年级、六年级的数学,以及五年级的英语教学工作。他说:"民族团结是一颗种子,需要从小耕种。"

调研小组成员曹晓丽在军拥村村民家里拍摄。2020年9月，普布扎西摄影

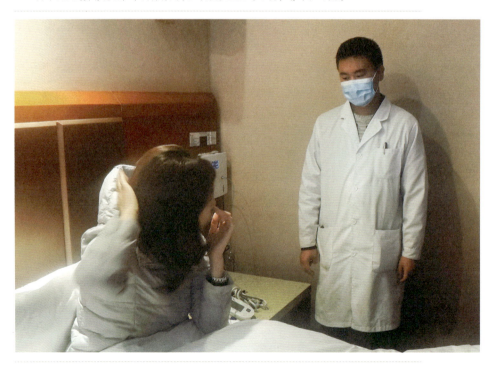

调研小组成员曹晓丽（左一）出现高原反应，医生到酒店为她诊治。2020年，普布扎西摄影

大山深处是我家
——左贡县采访随笔

文 | 曹晓丽

一座藏香厂，留住了村里大部分年轻人

木龙村，藏语意为"虫草的故乡"。几年前，木龙村村民收入主要来源为传统的畜牧、采虫草。木龙村藏香厂离县城大约有近半小时的路程。去木龙村采访那天下着小雨，因天气原因，在驱车前往的路上偶尔会遇到从山上滚落下来的碎石。

木龙村位于峡谷深处，资源丰富，盛产用于制作藏香的原料。2015年之后，木龙村开始发展制香产业。木龙藏香以藏医传统例规为依据，采用杜鹃花、甘松、红花、沉香等多种珍贵药草作为原料，经过采摘、晾晒、调配、发酵、干燥等众多工序，最后制成精美的木龙藏香。据当地扶贫干部介绍，现在基本不用人工制香了，有了机器，制作速度要快很多。

藏香厂的几位年轻人邀请我们一起上山采摘制藏香的原料。由于雨天，进入木龙村的路特别难走，泥泞的小道掺杂着牛粪，一不小心就会踩到，我背着相机，小心翼翼地跟在他们身后。

整个木龙村被大山包裹着，一条河分开了村子和山。山上随处可见用于制香的植物，采药工人把采到的原料举到我的镜头前，特意讲了一下如何辨别这种植物。这里的大部分村民只会讲些简单的汉语，初中毕业在这里已经是很高的文化水平了，与他们沟通需要翻译人员协助。藏香厂年轻的工人赤烈阿珠说："希望女儿能多多学习汉语，我要努力挣钱，好好培养孩子……"

我在村口遇到刚刚放学归来的孩子，他们身上穿着好久都没有换过的校服。孩子们对我手里的相机很好奇，但又羞涩，不敢靠近。我蹲下来，尝试跟他们说话，但他们好像听不懂。于是我示意给他们拍照片，几个孩子瞬间围过来，凑在我的镜头前做各种鬼脸。

　　天色逐渐暗下来，山那边的云低低的，悬垂着，木龙村湍急的流水声和孩子们的笑声回荡在我耳边。一旁的晓羽老师用录音笔采集下了这些声音，我们希望能用更多的方式让大家感受到努力挣脱贫困的木龙村人心底的那份喜悦。

　　2021 年，藏香已成为木龙村的特色人文品牌，将推动村级经济发展和群众致富增收。

左贡县木龙村村民坐在村口聊天。2018 年 8 月，曹晓丽摄影

水和路，改变了这座"山脊梁上的村庄"

初听绕丝村，觉得这个名字很美丽，但事实偏偏给这份美丽增添了一些沉重的负担。从左贡县城开车到绕丝村需要大约 5 小时，要经过几十道弯路。一路同行的何自力老师坐在副驾驶位置上，被这 90° 的弯道绕得想吐。我们时不时停车，稍事休息，再继续赶路。我很难想象以前的人们是如何走出大山的。

绕丝，藏语意为"山脊梁上的村庄"，由于这里水质不好，村子里近一半的人患有大骨节病，无法劳动，收入微薄，绕丝村属于深度贫困村。2020 年，当我们在再次前往绕丝村的时候，听"90 后"驻村干部讲，大部分村民已经搬迁到新房了，但仍有一部分村民会回来长期居住，这里的大部分人在热情拥抱帮扶的同时，也有着自己的担心。他们觉得楼房虽然很好，但祖祖辈辈留下来的田地和老家的牲口不能

调研小组抵达绕丝村村委会，图为郝方甲和驻村干部交谈。2020 年 9 月，曹晓丽摄影

东坝乡军拥村一户村民家里的生活用具。2018 年 8 月，曹晓丽摄影

带走，这是他们吃了一辈子的家当，不能轻易丢弃。扶贫工作在解决温饱、改善生活环境的基础上，更应该注重扶智。如何让人们真正走出去，真正从观念上改变，才是我们今后亟待解决的问题。

走出村子时，我们发现一所特别漂亮的学校。这所学校是村子里最显眼的地标，操场是用硅胶铺就的，幼儿园还有双语班，学生宿舍整齐干净……校长笑着说，这里的孩子都喜欢上学，因为学校条件比家里要好，更重要的是能学到很多知识。是啊，再穷不能穷教育，在喝水都成问题的山沟里，我们看到了教育帮扶给这些孩子带来的希望。

一栋百年东坝民居，成为村子里的旅游景点

左贡县东坝乡军拥村的民居鳞次栉比地散落在怒江沿岸，这些民居融合了汉族、藏族、纳西族等民族元素，外观庄重气派，内部绘画装饰精美华丽。军拥村村民说，盖一座普通的藏族民居大概只需要几年时间，而盖一座东坝风格的民居则需要几年或几十年的时间。每一面夯土墙都需要精心夯筑，每一根木料都需要精挑细选，世代居住在这里的东坝人认为，盖房子是一辈子的事情。更有意思的是，家家户户会在客厅最显眼的位置错落有致地挂着炊具。事实上，藏族的餐饮器具种类丰富多样，它们不但承载着藏族的传统饮食文化，还体现了藏族独特的饮食结构所折射出的深刻文化内涵。

我们一行人抵达军拥村时已是傍晚，便直接住进了藏族同胞家里。村民大多是空巢老人和孩子，年轻人都选择外出工作。如今，这里的路修通了，随时可以走出大山，但要留住年轻人，还需利用当地资源优势。

军拥村曾是茶马古道上的重要驿站之一，也是马帮到川、滇地区运送物资的集散地和中转站，此地靠山向阳，用水方便，宜人居住。在老村主任嘎松泽平家的果园里，到处是熟透掉落的水果，捡起来就可以吃，

东坝乡军拥村民宿一角。2018 年 8 月，曹晓丽摄影

调研小组成员在左贡县东坝乡军拥村的剪影。2020 年 9 月 14 日，郝方甲摄影

美味可口，不用担心果皮上有农药。老村主任嘎松泽平向我们讲述了父辈走马帮的故事，向我们展示了当年马帮使用过的物件……走出老村主任家，抬头看见夕阳洒落在村庄的每一个角落，我仿佛听见了山间回响的铜铃声，看见了昔日繁华的景象。

西藏昌都，用时间书写出新的模样

时隔两年，调研小组再次进藏。在此期间，在新华社西藏分社摄影记者普布扎西的手机微信里，不断有藏族群众发来的有关他们生活变化的照片。普布扎西时不时在我们的群里发一些消息，告诉我们他那里的变化。

世代生活在深山里的人们从不善言辞，多少年来，他们过着日出而作、日落而息的生活，偶尔有些念头蹦出来，想看看山的那边是什么，不过是转念一想罢了，又继续埋头过活，而这背后则是对生命的发问，"总能看见一股生活的激流在动荡，在努力创造自己的路，通过乱山碎石中间"。

如今，昌都已是西藏乃至整个青藏高原的一张亮丽名片，向世人传递着西藏各族人民热爱祖国、守护国土、建设家乡的决心和行动。

2020 年 9 月 15 日，我们这次调研行程结束了，在回程的路上，我写下："和心爱的朋友远行，回头有一路的故事，低头有坚定的脚步，抬头有清晰的远方。"配图为我们凌晨 3 点在藏族同胞家的二楼小院里拍下的剪影。我想，我们不仅仅是在完成一项工作，更是在为那些奋斗在脱贫攻坚路上的人做些什么。

何自力（右）。2020 年 9 月，曹晓丽摄影

调研小组主创人员抵达左贡县酒店后商量调研路线。2020 年 9 月，何自力摄影

走出贫困的大山
——影像扶贫跨界驻点日记

文 | 何自力

2020 年 9 月 11 日，阴有小雨

没想到飞往昌都邦达机场的航班竟然满员。坐在我身边的乘客都是援藏干部和商人，交谈中得知，在他们看来，去昌都是家常便饭的事。

我到西藏采访过三次，到昌都倒是第一次。

在航班上，我查看了一下关于邦达机场的资料，了解到世界上海拔最高的 10 座民用机场中的 8 座在中国的青藏高原上。其中，位于昌都邦达草原、玉曲河西岸狭长山谷中的邦达机场是西藏继拉萨贡嘎机场后第二座投入民用航空运输的机场，也是西藏自治区第一个支线机场。因其是离市区最远、气候最恶劣、中国跑道最长的民用机场，被称为中国最"牛"机场。

1992 年 12 月 2 日，投资 1 亿多元的西藏邦达机场破土动工，1995 年建成。其所在地气候恶劣，冬天风速常常达到每秒 30 米以上，冬春气温常在 -30℃以下，"创造了世界民航史上的奇迹"。

我们此行的目的是通过影像记录昌都人民与贫困的"决战"。邦达机场的奇迹也让我们更加坚信，勤劳勇敢的昌都人民摆脱绝对贫困的目标一定能够实现。

才情四溢的新华社西藏分社摄影记者普布扎西驱车从拉萨出发，与我们在邦达机场汇合。同行的陈小波、郝方甲、曹晓丽都是普布扎西的老朋友，披上普布扎西献上的哈达，在"扎西德勒"的祝福声中，我们

普布扎西（颈部挂红色相机带者）和绕丝村村民交谈。2020 年 9 月，曹晓丽摄影

调研小组成员普布扎西（左一）和曹晓丽（右一）在拍摄军拥村正在下棋的村民。2020 年 9 月，何自力摄影

开启了又一次左贡之旅。

在从机场驱车前往左贡县的路上，天气由阴雨转晴，我的高原反应也慢慢出现了，头晕，头疼。

一路上，听着普布扎西给大家讲左贡的情况，以及他们上次的经历，感觉很快就到达了左贡县人民政府驻地旺达镇。这里距西藏自治区首府拉萨 1067 千米。

县委宣传部部长谭良勇在我们下榻的宾馆欢迎我们，并与我们一起研究此行的行程。

来自西藏自治区扶贫办的数据显示，自脱贫攻坚以来，西藏已累计实现 62.8 万贫困人口脱贫，74 个贫困县（区）全部脱贫摘帽。2019 年底，西藏自治区昌都市 1127 个贫困村全部退出、建档立卡贫困人口全部脱贫，11 县（区）全部基本消除绝对贫困。

左贡县域东西最大距离为 408 千米，南北最大距离为 220 千米，总面积 1.17 万平方千米，辖旺达镇、田妥镇、扎玉镇、东坝乡、中林卡乡、美玉乡、下林卡乡、碧土乡、仁果乡、绕金乡，即"三镇七乡"，127 个行政村，1 个居委会，总人口超过 5 万人。

生于斯、长于斯的谭良勇亲历了左贡县扶贫攻坚的全过程。在他的帮助下，我们最终选择了易地扶贫的绕金乡、产业扶贫的中林卡乡和旅游开发扶贫的东坝乡开展驻点调研。试图从这三个不同的角度来记录左贡人民不甘贫困，在党的领导下打赢脱贫攻坚战的故事。

2020 年 9 月 12 日，晴

在宾馆匆匆吃完早餐后，我们驱车前往第一站绕金乡。

海拔 2700 米的绕金乡地处丛山之中，怒江之畔。

走进绕金乡绕丝村村委会大院，只见空地上、走廊边到处晾着辣椒、

桃干、苹果干。红的辣椒，黄的果干，将大山深处的绕丝村打扮得喜庆热闹。易地扶贫搬迁后，村里仅剩几户人家。

村干部向我们介绍，绕金乡山货丰富，有虫草、核桃、葡萄、苹果等。主要农作物一年可收获两季，一季青稞，一季玉米。长期以来因沟深路险，交通不太便利，山货运不出去，当地村民因此受惠不大，现金收入少。

要想富，先修路。如今硬化的乡道、村路已经通到了农户的家门口。

左贡县是历代商贾由茶马古道进出西藏的必经之地。如今，318国道、214国道横贯左贡县全境，共122千米，加上4条共214千米的乡道，使左贡县更具承东启西、连接南北的区位之便。

西藏是大骨节病的高发区，地处横断山区的昌都市最为严重。大骨节病成为导致当地居民生活贫困的主要原因之一。

在脱贫攻坚战中，昌都市采取改良水质、改善粮食质量、补硒、易地搬迁、跟踪监测等综合防治策略，精准阻断病因传播途径，使5721名大骨节病患者实现应治尽治。

在西藏，对大骨节病患者的救治已纳入民生工程。"昌都市大骨节病患者多，我们持续开展大骨节病患者的筛查、治疗和救助工作，制度化推进大骨节病的防治工作。"昌都市卫生健康委党组书记、副主任王金虎表示，"我们将最大程度提升本地医疗服务能力，汇聚援藏力量，确保病患得到有效救治，努力战胜大骨节病。"

据了解，在左贡县绕金乡绕丝村，全村82人中，30岁以上的几乎都有大骨节病。如今，村里的大多数人已搬迁到100多千米外的新家——左贡县县城附近的四方祥和幸福新村，通过易地扶贫搬迁实现了"挪穷窝""斩穷根"。

格桑次仁一家搬进了75平方米的新公寓楼房，布局合理，家具、电器齐全。格桑次仁 26 岁的女儿次巴卓嘎对新生活很满意。她说，小时候一个月才能吃一次大米，平时只有野菜吃，用水也很不方便，现在通水、通电、通路了，找工作也方便了，生活质量明显提高了。

在两名年轻的驻村干部引领下，我们走村串户，深切感受到绕金乡脱贫致富绝不是轻轻松松、靠敲锣打鼓实现的，脚踏实地努力脱贫摘帽是每一位绕金乡人发自肺腑的心声和行动。

正因为如此，他们才收获了实实在在的脱贫成果。这份真真切切的获得感，我们可以从他们祥和、知足的笑容里读到。

2020 年 9 月 13 日，晴

一大早，听说同行的曹晓丽高原反应厉害，还惊动了县里的援藏医生。曹晓丽一边吸着氧气，一边坚持要和大家一起完成今天的行程。

在医生和大家的劝阻下，曹晓丽决定上午先稍作休息，下午再追上我们。

那天，在研究此行选点时，县委宣传部部长谭良勇说当地的产业扶贫项目数"成功红葡萄酒"最为典型。他建议大家走访一下在高原种植葡萄，酿造美酒，从而帮助农民脱贫的中林卡乡。

沿着崎岖的山路，好奇的我们驱车前往中林卡乡。

资料显示，中林卡乡处于怒江中上游河谷、海拔 2600 米的地区，具有典型的干热河谷气候特点，兼具高原地区紫外线强烈、光照充足的特点，小气候性明显。夏季气温较高，35℃ 以上高温天气持续时间较长，早晚温差大，冬季无严峻低温，用于酿酒的葡萄不需要埋土处理。这里的自然条件对于种植酿酒葡萄可谓"得天独厚"。

有资料显示，左贡县素有藏东南"中国野生红葡萄之乡"的美誉，当地葡萄种植有近千年的历史，用葡萄酿酒也有 300 多年的历史。但人

们酿造的酒也只限于自产自销。

在脱贫攻坚中，打造全县生态葡萄园种植、葡萄酒酿造和销售为一体的特色葡萄产业链，帮助人们摆脱贫困，并使左贡经济走上可持续发展的道路，是左贡县领导脱贫攻坚战的思路。

可是，一道道难题摆在左贡人的面前：葡萄基地如何科学管理？葡萄成熟后卖给谁？如何增加葡萄的附加值？能不能在当地建设一家酿酒企业？酿出的酒又该如何销售？

得益于福建厦门援藏工作组的主动进入，一条集高原葡萄园种植、葡萄酒酿造和销售为一体的特色葡萄产业链，通过各方的不懈努力，正在左贡显示出积极动能。

普布扎西（左一）在中林卡乡葡萄酒厂酿造车间采访拍摄。2020年9月，何自力摄影

进入中林卡乡的葡萄种植基地成功红天麓酒庄，映入眼帘的便是，怒江河谷的乱石坡上矮株的葡萄藤在倔犟地生长，并结出累累果实。摘一颗带着果霜的葡萄放进嘴里，自然的甜酸味道着实让人惊艳。

村民们正在福建援藏技术人员的指导下采摘葡萄。采摘葡萄的村民指着大山脚下的村庄说那就是他们的家，他们还说："有了葡萄种植基地，我们就不用远走他乡打工了，在家门口就能赚到钱。"

据了解，这片葡萄种植基地种植葡萄近 1 万亩，品种包含赤霞珠、西拉、霞多丽、美乐、长相思、马瑟兰等。

园区采取"企业＋合作社＋基地＋农户"的经营管理模式，邀请来自中国农业科学院、中国农业大学等单位的专家及教授调研、会谈，并由天麓酒庄技术员每年为园区员工提供技术培训服务，并指导建立专业的管理团队，在园区开展指导培训。未来，天麓酒庄还将在左贡县扎玉镇然巴村、下林卡乡旭日村、绕金乡左巴村建立葡萄产业项目，建成后将新增种植葡萄 2400 亩。

在中林卡乡万亩葡萄园发展的基础上，经厦门援藏工作组积极推动，下林卡、绕金、扎玉 3 个乡镇扩大葡萄种植规模。扎玉镇然巴村基地平整荒地 800 亩，种植 680 亩；下林卡乡旭日村基地平整荒地 300 余亩，种植 246 亩；下林卡乡松古村基地平整荒地 120 余亩，种植 100 亩；绕金乡左巴村基地平整荒地 40 余亩，种植 40 亩；房前屋后碎片化（到户）种植 244 亩。通过葡萄产业带动发展和碎片化种植，可覆盖怒江、澜沧江流域 6 个乡（镇）40％以上农户，实现 1724 户建档立卡贫困户户均增收 1 万元以上。葡萄进入丰产期后，左贡县葡萄酒产业预计可带动 2000 余人就业，有效促进当地群众稳定增收，实现巩固拓展脱贫攻坚成果同全面乡村振兴有效衔接。

发展产业是实现脱贫的根本之策，必须因地制宜，把培育产业作为

调研小组在中林卡乡葡萄园采访。图为陈小波（前左二）、郝方甲（前左一）与葡萄采摘工人合影。2020年9月，普布扎西摄影

推动脱贫攻坚的根本出路。2016年以来，昌都市已累计实施产业扶贫项目782个，建立类乌齐牦牛肉、卡若香猪、红拉山鸡、阿旺绵羊等养殖基地，培育龙头企业22家，发展农牧民专业合作社330家，采取"企业＋合作社＋基地＋农户"等方式，实现了户户有增收项目，人人有脱贫门路。

村民们将一筐筐采摘来的葡萄倒进标准化的塑料箱里，再搬上冷藏货车，运往酿酒厂。

热情的村民不时递给我们一串串深紫色的葡萄让我们品尝。葡萄是甜的，村民脸上的笑容也是甜的。

2020 年 9 月 14 日，晴

昨天下午入住东坝乡军拥村唯一一家民宿。

民宿的男主人叫白桑，常常带着施工队在外承包工程，经营家庭旅馆的责任就落在女主人安措的肩上。

这家民宿于 1997 年开始修建，直到 2014 年建成。房子有 48 根柱子，堪称"豪宅"。

民宿比想象中的要"高不可攀"。一层为储藏室，二层为客厅、卧室、厨房等，三层为佛堂和经堂。我们住的客房设在三层，但卫生间设在二层，去一趟卫生间要上下十几级近乎 90° 的窄窄的木梯，让人望而生畏。

2010 年前后，左贡县政府鼓励群众开办家庭旅馆。东坝乡政府认为安措家的房子在村子里属于比较好的。在征得主人家的同意后，政府分两次投入资金两万元，购买床、柜子、电视等家电，帮助安措开起了家庭旅馆。

起初，家庭旅馆只有 8 张床位，年收入近万元。经过这些年的发展，床位已增加到 20 张。每间客房床位数 2—3 张，面积均在 30 平方米以上。平均每人每晚住宿费不到 100 元，餐费另算。

近年来，陆续有旅客入住他们家的民宿，民宿的名气越来越大。

东坝曾经是茶马古道上的一个驿站。东坝人曾经是以跑马帮为主业。绵延千年的茶马古道为东坝人带来了财富，以及用财富堆积起来的东坝民居。

因为东坝地处曾经的茶马古道要道上，与其他民族交往、交流频繁，使东坝民居建筑外形在保留藏族建筑雄厚、敦实风格的同时，融合了丰富多彩的文化元素。

拥有绮丽的自然风光、独特的东坝民居的东坝乡，想成为 318 国

道旅游黄金线路上一张闪亮的名片。"我们还有很多事情要做。"县委宣传部部长谭良勇说。他还说，左贡县牢固树立"绿水青山就是金山银山、冰天雪地也是金山银山"的理念，正着手开发东坝乡的旅游资源，使乡村旅游成为东坝乡持续发展的支柱产业。

从1992年开始当村主任的向巴哲加，在宽大的民宿客厅里给我们讲关于拥军村的故事。

他说他出生于1963年，"没文化"，做村主任主要是协调好村里的事，比如谁家什么时候放水灌溉、什么时候收青稞等。开始干时，答应当村主任"干三年"，结果三年接着三年，"干了30年，30年村子里都没有起过什么冲突"。

如今，村里来了既年轻、又有文化的驻村干部，他们能把村子里的事处理得井井有条。

向巴哲加带我们行走在鸟语果香的军拥村，山坡上、峡谷间的空地上都是果园。他随手摘下成熟的葡萄、红透的李子……与我们分享军拥村脱贫致富奔小康的喜悦。

向巴哲加说，这里家家种水果，近百亩的果树不施任何化肥。军拥村的果树汲取天地间的养分，多汁鲜甜，成熟的鲜果被运往左贡县及昌都市等地进行销售。新鲜水果还会被村民做成梨干、葡萄干、苹果干等果干，一年四季都能卖。

1992年之前，进出东坝乡全靠骡马翻山越岭。1992年，东坝乡申请50万元专款修建了一条简易的土公路。2017年，终于修通了水泥公路，军拥村的水果就更方便运出去了。

村子里的男人都出门打工了，留守的多是老人、妇女和孩子。向巴哲加说，如果旅游业发展起来，更多的村民就不必在外奔波了。

一条山路，让村民走出去，让农产品走出去，让他们摆脱贫困；一条山路，也必须让村民回得去，让富裕的生活延绵下去。

2020 年 9 月 15 日，晴

清早，我们踏上返回北京的旅途。

短短几天时间，我们将镜头对准左贡这片土地，以及生活在这片土地上的人们，被他们的坚韧、不屈、乐天、宁静所打动。

全面建成小康社会，一个民族都不能少，一个人都不能掉队。西藏是我国唯一的省级集中连片特困地区，西藏自治区扶贫办主任尹分水曾用"广大高深难"来形容西藏的贫困状况。他说，脱贫攻坚前，在西藏自治区全部县区中，贫困发生率超过 20% 的县区有 47 个。作为我国"三区三州"深度贫困面积最大的地区，这里的脱贫难度之大，不是亲身经历，很难想象。

西藏贫困面广，贫困人口占比大，扶贫成本高，高贫困程度深，脱贫难，巩固脱贫成果也难。

西藏自治区在党中央的领导下，在多省市的对口支援下，将脱贫攻坚作为头等大事和第一民生工程，形成了专项扶贫、行业扶贫、社会扶贫、金融扶贫、援藏扶贫"五位一体"的大扶贫格局。

2016 年以来，西藏自治区已累计投资 400 多亿元，实施产业扶贫项目 2800 多个，带动 23.8 万贫困人口脱贫，受益农牧民群众超过 70 万人。

易地扶贫搬迁是关键之举，共搬迁 26.6 万贫困人口，占农牧民总数近 10%，超过贫困人口总数的 1/3。

昌都作为西藏贫困发生率最高、扶贫成本最高、贫困程度最深、脱贫难度最大的区域，是全区脱贫攻坚的主战场之一。

感谢陈小波、郝方甲、普布扎西和曹晓丽，将西藏的影像扶贫驻点

调研小组在去往军拥村的路上。2020 年 9 月，何自力摄影

选在了昌都。

昌都市脱贫攻坚指挥部的一份报告中说，自脱贫攻坚战打响以来，昌都市脱贫攻坚实现了从温饱型扶贫向发展型脱贫的转变，从依赖政策性补贴救助向激发贫困群众内生动力的转变，从大水漫灌向精准滴灌的转变，从单一政府扶贫向专项扶贫、行业扶贫、社会扶贫等"多位一体"大扶贫格局的转变，从整体扶贫向聚焦深度贫困地区的转变，广大群众思想观念从"要我脱贫致富奔小康"向"我要脱贫致富奔小康"的转变。

亲历了这个脱贫攻坚的主战场，在左贡县，我们感受到西藏乃至全中国向贫困宣战的铮铮誓言，以及全体人民践行誓言的不懈努力和对未来幸福生活的憧憬。

但愿我们拍摄的影像如映照太阳光辉的一滴水，让更多的人从中窥见这场人类历史上的奇迹。

跋

写给本书的一封信

文 | 郝方甲　曹晓丽

左贡，传说是文成公主踏入藏地的第一站，过去是马帮往来高原和汉地的道口，如今是沿318国道进出西藏的必经之地。在这个嵌在藏东红山脉间，卡在山口上的地方，一切都关于山，抬头是山，低头是谷，出门是走不尽的盘山路。

当地人的生计和情感也无不与山有关。留在山里，还是走出山去？走到哪里，心都记挂着山上的果树、屋后的野韭。

我们的驻点调研小组前后去了左贡三次。第一次：2018年3月，成员包括陈荣辉、翟国泓。第二次：2018年8月，成员包括郝方甲、普布扎西、曹晓丽、张晓羽、陈荣辉、翟国泓。第三次：2020年9月，成员包括陈小

调研小组第一次前往左贡县东坝乡调研，与当地文联工作人员合影。2018年3月，当地宣传部门工作人员摄影

调研小组成员抵达西藏昌都后在机场留影。2018 年 8 月，拍摄者不详

西藏昌都左贡其军拥村一民居内。调研小组成员（从左至右）：何自立、郝方甲、陈小波、普布扎西、曹晓丽。2020 年 9 月，当地宣传部门工作人员摄影

波、何自力、郝方甲、普布扎西、曹晓丽。

每次去左贡，我们都会重访几个地方，带着惦记见见老朋友，再去几个新的地方，怀着好奇找找新风景，无论走到哪里，都能得到当地朋友的热情迎接和支持。那历经千百年风雨洗礼的峡谷村落，积淀着尘封的故事，述说着不为人知的过往。而此刻，他正在一步一步走向美好的未来。

2018 年 10 月，绕丝村 14 户 72 人搬迁到 125 千米外的四方祥和幸福新村居住，开始了崭新的生活。全村大骨节病患者得到了有效的救治。

2021 年，木龙藏香厂已经开发了 9 个品种，总收入达到 14 万元。作为木龙村首个集体经济实体，经过几年的打造，成了群众农闲时节名副其实的"致富宝"。

军拥村独特的康巴文化建筑，彰显出东坝人追求幸福生活的智慧。历史悠久的茶马古道驿站，民族文化的交融地，这个怒江峡谷深处的小村庄吸引着越来越多的人来到这里。东坝乡居民利用特色民居开办家庭旅馆，日子越来越好。

经历过寒冬的人最知道太阳的温暖，了解历史的人方能理解历史创造者的伟大。这片古老的雪域高原孕育出高山民族坚韧不拔的性格、顽强勇敢的意志、亲近自然的灵魂。在严酷的环境中，他们用智慧化解厄运；在苍凉的大地上，他们用勤劳改变生活；在热闹的草原上，他们用诗歌述说欢乐。

如今，穿越高山沟壑的高海拔公路、隧道、横跨大江大河的高架桥，宽阔平坦的柏油路，成为左贡一道亮丽的风景线。脱贫攻坚，决不能落下一个贫困地区、一个贫困群众。截至 2019 年底，西藏自治区 62.8 万贫困人口已全部脱贫，74 个贫困县区全部摘帽。

2021 年是西藏和平解放 70 周年。70 年来，尤其是党的十八大以来，西藏脱贫攻坚全面胜利，人民生活更加富足，经济社会的发展创造了短短几十年跨越上千年的人间奇迹。我们把 3 个驻点、3 年间的人和事，以图文的方式编撰成书，以此向中国消除绝对贫困的伟大胜利致敬。

感谢赴西藏调研小组的每一个人，在三次的进藏调研过程中，每一名成员都克服缺氧、寒冷、高原反应，用脚步丈量脱贫攻坚路上的挑战和艰辛，用笔和镜头记录脱贫攻坚一线的生动故事和人物事迹，用心讲述发生在雪域高原上的那些或惊心动魄或静水深流的时代变迁。

在近 5 年的创作过程中，我们彼此也结下了最深厚的友谊。然而，就在本书即将付印的春天，普布扎西永远地离开了我们，他一半骨灰回到了山南故乡，一半随奔流的雅鲁藏布江回归自然。再次翻看他在左贡的遗作、工作照，不禁感叹：他的作品所流露出的通透、悲悯、热爱都来源于大地的滋养。人生无常，普布扎西始终忠实于自我和信仰，他是幸福的。

　　感谢中国文联和中国摄影家协会对项目的大力支持。在历史长河里，我们的记录只是沧海一粟，是时代书写了最动人的作品。